Stanislaus Tomczak

BEFREIER OHNE MANDAT

Historischer Roman über Schwaben
in Osteuropa des Ersten Weltkriegs

Der Autor Stanislaus Tomczak; Jahrgang 1944; Ingenieur, bilingualer Schriftsteller und passionierter Historiker.

Das vorliegende Buch »BEFREIER OHNE MANDAT« ist eine überarbeitete und erweiterte Ausgabe des vergriffenen Buches »Befreier ohne Auftrag«, das 1989 bei Paul Schlüter-Hary Verlag erschien. Sie bietet dem Leser die Möglichkeit, auf belletristische Weise, die Geschehnisse der ersten zwei Jahrzehnte des 20. Jahrhunderts, hier speziell die Zeiten des Ersten Weltkriegs in Deutschland, Polen, der Ukraine und Russland, zu erkunden.

Im geschichtlichen Rahmen ist mittels der Hauptfigur, des Eugen Marquardt, eines Schwaben, eine Handlung eingewoben, die einerseits die Sinnlosigkeit des Krieges, anderseits die damit verbundenen Veränderungsprozesse in den Kriegsteilnehmern selbst, darstellt. Anhand einer Palette von Gestalten aus den ehemaligen deutschen Ländern, des Zarenreiches und auch Japans, wird die ein Jahrhundert zurückliegende Zeit lebendig vermittelt. Der deutschen Niederlage folgte in Europa ein langer sozialer und politischer Umwälzungsprozess, bevor sich in den meisten europäischen Staaten demokratische Strukturen sicher und unumkehrbar etablieren konnten. Eugen Marquardt leistete seinen Beitrag dazu.

Der ehemalige Direktor des Deutschen Polen-Instituts in Darmstadt, Dr. Karl Dedecius, der »Papst« der literarischen deutsch-polnischen Beziehungen, der diesem Buch Pate stand, bezeichnete 1985 die ihm damals vom Autor vorgelegten Manuskripte als *»sehr bewegende menschliche Dokumente«.*

Stanislaus Tomczak

BEFREIER OHNE MANDAT

Historischer Roman
über Schwaben in Osteuropa des Ersten Weltkriegs

BoD-Verlag

Bibliografische Information der Deutschen Nationalbibliothek:
Die Deutsche Nationalbibliothek verzeichnet diese Publikation
in der Deutschen Nationalbibliografie; detaillierte bibliografische
Daten sind im Internet über http://www.dnb.de abrufbar.

© 2015 Stanislaus Tomczak
Herstellung und Verlag:
BoD – Books on Demand, Norderstedt
2. Überarbeitete und erweiterte Ausgabe
Printed in Germany

ISBN: 978-3-7357-5984-9

In dieser überarbeiteten und erweiterten 2. Ausgabe wurden zeit-
bedingte Ausdrücke stehen gelassen um den geschichtlichen Charakter des Buches zu erhalten.
Deutsche Erstausgabe: Copyright © 1989 by Stanislaus Tomczak
erschien unter dem Titel »Befreier ohne Auftrag« im Verlag Paul
Schlüter-Hary, Tiefenbronn.

Umschlaggestaltung und Satzeinrichtung: Stanislaus Tomczak
Umschlagmotiv und Autorenfoto: Stanislaus Tomczak
Lektorat: Eugen Loderer, Marbach a. N.

Dem gegenseitigen Verstehen gewidmet.

Autor

1.

Das erste Kriegsjahr 1914 sorgte für viel Enttäuschung unter den so genannten Kongress-Polen, die auf die deutsche Befreiung von dem zaristischen Russland hofften. Kongress-Polen war ein 1815 auf dem Wiener Kongress aus den Resten des im Jahre 1795 aufgelösten Königreichs Polen und Litauen geschaffenes Staatsgebilde mit dem russischen Zaren als polnischen König. Ähnlich Finnland wurde das Land von Petersburg aus regiert. Den anrückenden deutsch-österreichischen Truppen stellte sich der Russe tapfer entgegen. Er antwortete mit Gegenoffensiven und fiel in Ostpreußen und in die Karpaten ein. Die russische Kavallerie sorgte in den ostpreußischen Grenzbezirken für Angst und Schrecken. Doch im mittleren Frontabschnitt sah die Lage ganz anders aus. Die schnelle Einnahme von Lodz, einer Grenzstadt mit starker Industrie, ermöglichte ein rasches Vorrücken der deutschen Truppen in Richtung Osten.

Als gefährlicher Faktor stellte sich bald die Eigenart der polnischen Landschaft, »Polens Natur«, dar. Schon 1807 hatte Napoleon I. in »polnischer Not« ein ihm bis dahin unbekanntes Element der Kriegsführung entdeckt; an der gleichen Klippe scheiterte 1831 auch der kraftvolle Russe Diebitsch bei der Niederwerfung des polnischen Aufstandes. Die im Sommer unerträglich staubigen Straßen werden im Herbst und Frühjahr zu einem undurchdringlichen Morast. Nur der Winter schafft, solange Schnee und Eis herrschen, dem Verkehr Erleichterung, denn dann gleiten die Schlitten leicht über schneebedeckten Weiten, erstarrten Sümpfe und gebändigten Flüsse. Gerade der November mit seinen starken Regengüssen gehört zu den gefährlichsten Monaten. Richtige Landstraßen sind eine große Seltenheit, und schon im Frieden gehört eine Fahrt in der hin und her schwankenden Troika auf den schmalen Sand- und Lehmwegen durchaus nicht zu den Annehmlichkeiten, mögen die Glocken des Dreigespannes ihr eintöniges Lied auch noch so verführerisch in die Einsamkeit hinaus rufen.

Nun aber waren die Lehm- und Sandstraßen schon von den ersten Kolonnen bald vollständig ausgefahren und die Nachfolgenden mussten wohl oder übel ihren Weg durch die aufgewühlten Felder fortsetzen, oft eingesunkene Wagen mit Vorspann, Hebeln und Menschenkraft herausholen, sowie stundenlang auf das Schlagen von Notbrücken durch die Pioniere warten. Unglaubliches musste den armen Gäulen zugemutet werden und alle paar hundert Meter sah man die Kadaver der den ungeheueren Anstrengungen erlegenen oder aus Mitleid schließlich erschossenen Zugpferde liegen. Es ist erstaunlich, dass trotz alldem von den Fuhrpark- kolonnen täglich im Durchschnitt fünfundzwanzig Kilometer zurückgelegt wurden. Was selbst ein Napoleon nicht zu besiegen vermochte, deutsche Organisation und deutsche Unverdrossenheit hat es zu überwinden gewußt.

Wo anderswo hohe Gebirgszüge oder tief eingeschnittene Wasserläufe den natürlichen Schutz eines Landes gegen feindliche Angriffe bilden, so sind es hier versumpfte Ströme, grundlose Moraste und verwilderte Wälder. Bedenkt man hier die äußerst schlechte Beschaffenheit der wenigen Wege, den Mangel an guter Unterkunft und rechnet noch die Versorgungsproblematik hinzu, so ergibt sich, dass die Kriegsführung hier beständig auf nur schwer zu bewältigende Hindernisse stößt.

Vor allem werden an die Ausdauer der Truppen, an die Weitsicht der Führer und an die Leistungsfähigkeit der Verwaltungsorgane ganz andere Anforderungen gestellt als im Hilfsquellen reichen Westeuropa mit seinem engmaschigen und weit verzweigten Stra- ßen- und Eisenbahnnetz. Eine rasche Kriegsführung mit entschei- denden Schlägen ist ungemein erschwert, bei länger andauerndem Regenwetter fast unmöglich.

Den meisten der Soldaten erschloss sich beim Einrücken in Polen eine völlig neue Welt, aber durchaus keine schöne. Es wehte eine eigenwillige Luft in diesen vernachlässigten Landen. Die endlosen Weiten und die stille Einsamkeit wirken bedrückend, der trübe, regenschwangere Herbsthimmel prägte trostlose Schwermut. Aus weiter Ferne wirken die hohen Ziehbrunnen, die plumpen Ziegelrohbauten der Bahnhöfe wie ein Scherenschnitt am Horizont. Weit ab davon liegen die Städtchen, die sich mit ihren Gemischtwarenläden und den armseligen jüdischen Gasthöfen mit ihren wackeligen Möbeln, erblindeten Spiegeln und dem »Pejsachowka«-Schnaps, gleichen wie ein Ei dem anderen. Auf weiter Flur, zwischen verkrümmten Weiden, taucht ab und zu ein winziges, schweigendes Dorf mit halb eingesunkenen Hütten und geschwärzten Strohdächern auf, bewohnt von Elenden und Hungernden, von einem wartenden und sehnsüchtigen Volk.

Diese todtraurige Melancholie der Landschaft, der Heimat von Frederic Chopin, wird, als ob von der Natur gewollt, von einer ungewöhnlich lebendigen Sprache erfüllt. Sie schlägt bald rau, bald weich ans Ohr, bald erschreckend mit harten Lauten, bald schmeichelnd mit süßen Kosenamen, bald wie ein Kampfruf aus finsterer Wildnis, bald wie die Töne liebender Zärtlichkeit. Das ist auch die Heimat der Mazurka und Polonäse.

Für die Soldaten war bei solcher Armut natürlich fast nichts Essbares zu bekommen; höchstens anfangs noch Eier, Hühner und Gänse aber bei anstrengenden Eilmärschen blieb nur selten die nötige Zeit zur Zubereitung des Geflügels.

Die strategische Lage Polens erscheint auf den ersten Blick fast noch ungünstiger als die Ostpreußens, denn die Tüchtigen des Wiener Kongresses schufen 1815 eine riesige Ausbuchtung, die im Falle eines Krieges gegen Deutschland und Österreich-Ungarn auf drei Seiten von feindlichem Gebiet umzingelt ist. Gegenwärtig fiel aber dieser Vorteil weg, denn von einer Aufstellung überlegener oder auch nur gleichstarker Truppenkörper gegenüber den Riesenheeren des Zarenreiches waren die Deutschen und ihre Verbündeten nicht im Stande. Vielmehr blieb für die Russen der Vorteil der inneren Linie, der namentlich durch das großzügig ausgebaute strategische Eisenbahnnetz hinter der Weichsel die rasche Verschiebung großer Heeresteile gestattete. Die Landesteile westlich der Weichsel liegen ziemlich offen, umso stärker war die Weichsellinie befestigt. Die einhundertfünfzig Kilometer lange Befestigungslinie mit Eckpunkten wie die Festungen Nowo-Georgiewsk und Sierock im Norden, mit Warschau und Brest-Litowsk in der Mitte und mit Iwangorod im Süden, mit ihren zweitausendfünfhundert Geschützen und zahlreichen Forts, stellte eine gefährliche Grenze für die deutsch-österreichisch-ungarischen Armeen dar. Auf der russischen Seite in Westpolen standen eigentlich nur schwache Beobachtungstruppen: zwei Kavalleriekorps, eine vorgeschobene Infanteriedivision und eine Gardeschützenbrigade.

In einem so wegearmen Lande wie Polen spielten die wenigen vorhandenen Eisenbahnlinien eine doppelt bedeutsame Rolle. Feldmarschall von Hindenburg hatte beim Vormarsch die westpolnischen Bahnlinien tüchtig ausgenutzt und weiter ausgebaut. Die Russen wurden durch den in einer Frontbreite von zweihundertdreißig Kilometer erfolgten, unvermuteten Vorstoß Hindenburgs, den sie mit seinen Hauptkräften noch immer in Ostpreußen glaubten, zunächst völlig überrascht. Ihre Vortruppen wurden einfach über den Haufen gerannt. Die Gardeschützen wurden schon am 4. Oktober 1914 bei Opotow von schlesischer Landwehr zersprengt, am nächsten Tag bei Radom erwischte es auch das Kavalleriekorps, und am 6. siegten Österreicher und Ungarn über die Infanteristen. Das zur Deckung des linken deutschen Flügels den Vormarsch nördlich begleitende deutsche Kavalleriekorps trieb die an der Bshura stehenden russischen Reiter nach glänzendem Gefecht über die Weichsel, wo sie zunächst unter den Kanonen von Nowo-Georgiewsk Zuflucht suchten. So war der deutsche Vormarsch den Bahnlinien entlang, trotz aller Hindernisse und Schwierigkeiten, mit verblüffender Schnelligkeit, glatt und programmmäßig, vor sich gegangen. Der linke Flügel rückte über Skierniewice und Grodzisk gegen Warschau selbst an, der rechte, aus Österreichern und Ungarn bestehend, gegen Iwangorod.

Die deutsche Mitte drang zwischen den beiden Festungen vor. Am 10. Oktober bei Grojec schlug sie die gemischten Abteilungen unter dem russischen General von Krause in die Flucht. Die Russen stellten ihn vor ein Kriegsgericht, er wurde des Verrats für schuldig befunden und erschossen. Auf die Nachricht, dass die Deutschen nur noch fünfzehn Kilometer entfernt vor den Toren Warschaus stehen, erlitt der die russischen Truppen befehligende General Scheidemann einen Nervenzusammenbruch.

Das am 10. Oktober in die Gegend zwischen Kutno und Sochaczew vorgerückte deutsche Kavalleriekorps überquerte mit seinem linken Flügel die Bshura und erreichte die Straße Nowo-Georgiewsk — Warschau. Der rechte Flügel blieb bei den Ortschaften Lubiec und Leszno stehen und wartete weitere Befehle ab.

Am Sonntag, den 11. Oktober, kündigte sich süd-östlich von Leszno, dem Gewitterdonner ähnlich, das Vorrücken der deutschen Armeen unter dem Kommando des Generals von Mackensen an. Man sah die unermessliche Ebene nachts von brennenden Dörfern schauerlich erleuchtet, konnte deutlich die verschiedenen Tonarten im Krach der Geschütze unterscheiden, fühlte förmlich den eisernen Sturmwind durch die Lüfte laufen, bis er dann in erdbebenartigem Donner endigte.

Es dauerte nicht lange, bis die langen Kolonnen, die aus dem Westen auf der Straße Lodz — Warschau nach Osten zogen, auf die ersten Kavallerieeinheiten aus dem Norden, stießen. Dieses Zusammentreffen bei der Ortschaft Blonie, zwanzig Kilometer westlich von Warschau gelegen, führte zu einer folgenschweren Entscheidung des kommandierenden Kavalleriegenerals. Mit dem rechten Flügel sollten die Ortschaften Blonie, Leszno und Lubiec gehalten werden, während die Ortschafen Rybitew und Malocice, direkt vor den Kazun — Nowo-Georgiewsk-Forts gelegen, einzunehmen waren, was auch am 12. Oktober gelang. Außerdem sollte ein kleiner Truppenteil einen Erkundungskampf auf der Straße Kazun — Mlociny — Warschau, dem Weichselufer entlang, proben. Während hier tapfere Kavalleristen bis zum Dorf Lomna, zwischen der Straße nach Warschau und dem Weichselufer gelegen, vordrangen, erreichten die Hauptarmeen nach mörderischen Kämpfen am 12. Oktober das Städtchen Pruszkow, nur zwölf Kilometer südwestlich von Warschau entfernt.

Doch hier machte sich am nächsten Tag das Eingreifen großer russischer Verstärkungen bemerkbar. In den nächsten fünf Tagen tobte ein erbitterter Kampf, der durch den Einsatz von zwanzig Haubitzen schwersten Kalibers aus Brest-Litowsk zu Gunsten der Russen entschieden wurde. Man stand bei Blonie bis an die Hüften im Morast und schlug Mann gegen Mann mit Kolben und Bajonett aufeinander. Die stündlich wachsende russische Übermacht wurde immer erdrückender. Schließlich mussten die Deutschen Blonie aufgeben und einen schnellen Rückzug antreten.

Die Armee des Generals Russki griff weit westwärts aus und schob ihre Kavallerie bis nach Sochaczew und an die Bshura vor, um den linken deutschen Flügel zu umklammern. Während im Zentrum der Russe Scheidemann die deutsche Schlachtlinie fesselte, wurden die Osterreicher und Ungarn durch die Armeen unter den russischen Generälen Shilinski und Iwanow bis auf die Linie Tschenstochau — Krakau —

Tarnow zurückgedrängt. Bei ihrem Rückzug führten die Verbündeten fünfzigtausend Gefangene und achtunddreißig Feldgeschütze mit sich. Die erste Schlacht von Warschau endete unentschieden.

Die Hauptfront der Verbündeten bewegte sich westwärts, ohne irgendwo dem Gegner eine Lücke oder Blöße zu bieten, bis die Linie Krakau — Tschenstochau — Sieradz erreicht war. Die Bewohner der schlesischen und posenschen Grenzgebiete hatten bange Stunden erlebt, als die russischen Reiterdivisionen Krakau bedrohten und über die Warthe setzten. Aber auf deutschen Boden wollte Hindenburg die Russen nicht kommen lassen. Zu dieser Zeit war aber auch die deutsche Frontumstellung beendet. Am 7. November 1914 besiegten die Deutschen die angreifenden Russen bei Kolo, am 13. bei Kutno und schließlich am 15. bei Wloclawek. Wie mit einem Zauberschlag war die gesamte Kriegsszene in Polen wieder verändert, die Front kam zum Stehen.

2.

Nordwestlich von Warschau, begrenzt im Norden und Osten durch die Weichsel, die hier gegenüber von Jablonna einen gewaltigen Bogen in westliche Richtung beschreibt, liegt der sagenumwobene Kampinos-Wald. Nur ein einziger guter Weg führte durch die Wildnis: die Straße Danzig — Thorn — Warschau. Über den Wald erzählte man unter den Polen viele schreckliche Legenden und die Reisenden dankten beim Anblick der Warschauer Zollhäuser still dem Herrgott für das gute Geleit. Zu jener Zeit beherbergte der Wald nicht nur wilde Tiere, sondern auch Menschen, die hier ideale Zuflucht fanden. Es gab hier einige kleine Waldsiedlungen, die im Aussehen sich der wilden Umgebung gut anpassten.

Die im Dorf Lomna stehende deutsche Kavalleriegruppe kam unter starken Beschuss der russischen Artillerie, die auf dem Weichselufer stand und durch ihre geradezu unheimliche Treffsicherheit zu den besten russischen Truppen zählte. Die russischen Batterien nahmen ungern Stellung an oder auf Höhen. Bei der Schlacht um Warschau standen sogar mehrere schwere Batterien auf dem morastigen Weichselufer.

Eine Kavalleriepatrouille, sieben Mann zu Ross, verließ am Morgen des 13. Oktobers die in Lomna stehende Mannschaft. Die Aufgabe hieß: Erkundung des Waldkomplexes und Durchbruch in Richtung Lubiec — Leszno zu den Armeen des Generals von Mackensen. Denn durch das Auftauchen der starken Kavallerieverbände der Russen im Norden war der Kontakt zur Haupttruppe verloren gegangen, zudem durch das Artilleriefeuer deutlich markiert war. Richtung Süden, wo die polnische Hauptstadt lag, war der Weg durch neueingetroffene sibirische Einheiten versperrt und westlich lag das grüne Meer des Kampinos-Waldes, eine »terra incognita«.

Wachtmeister Schulze ritt mit seinen sechs Männern vorsichtig durch den dichten Wald in südwestliche Richtung. Nach zwei Stunden sichteten sie eine kleine Waldsiedlung. Den Aussagen der Bauern aus dem Dorf Lomna nach handelte es sich hier um den Weiler Boernerowo. Wie früher abgesprochen, teilten sich die Männer in zwei Dreiergruppen. Die Pferde blieben aus Sicherheitsgründen mit dem siebenten Mann tief im Wald verborgen. Mit aufgesetzten Bajonetten näherten sie sich den Häusern der Siedlung. Die Erregung war den Männern in die Gesichter gezeichnet: »Sitzt hier der Russe in den Häusern verborgen, geht man hier in eine Falle?« Junge Männer sind in solchen Gefahrensituationen wie verwandelt. Sie denken an das Zuhause, an die Mutter und an die Frauen mit den Kindern in der fernen Heimat. Sie denken an die Fotos der Nächsten mit der Widmung auf der Rückseite. »Wird man sie auch morgen betrachten dürfen?« Tausende von Gedanken schießen durch den Kopf in solchen Augenblicken.

Schulze, versteckt hinter der Hausecke des ersten Hauses, überlegte kurz das weitere Vorgehen. Schreien und Stürmen mit seinem sechs Mann starken Spähtrupp hat doch keinen Sinn. »Anklopfen und nach dem Russen fragen?« — dieses Vorgehen erschien ihm erfolgversprechend. Als Posener, und dazu noch seit Jahren an der Warthe Beheimateter, hatte er sich ein hartes aber gut verständliches Polnisch angeeignet. Mit Handzeichen bat er den Dragoner Minz um Rückendeckung. Morgendämmerung und die Wald Nähe sorgten für eine trügerische Stille. Mit dem ersten Klopfzeichen kam Leben ins Haus. Eine starke männliche Stimme donnerte aus der Stube, was sofort den draußen angebundenen Hund auf die

Beine stellte. Sein Bellen schlug Salven in den Morgen.

»Marta, guck doch mal nach!«

»Guck doch selber, ich habe Angst!« — antwortete frech, der Stimme nach, ein resolutes Weib. Schulze musste richtig überlegen, ob er sich nicht verhört hatte, aber der hinter ihm stehende Minz sagte leise mit hörbarer Überraschung in der Stimme: »Herr Wachtmeister, das war doch Deutsch!«

»Sie haben recht, Minz« — antwortete Schulze. Der Hund draußen spielte verrückt. Kurz danach erklang auf Polnisch eine männliche Stimme: »Kto tam? Wer da?«

»Machen Sie auf, Mann. Hier sind deutsche Soldaten!« — klang die Antwort des Wachtmeisters Schulze.

»Mein Gott, mein Gott, die Deutschen sind da!«

Krachend ging die Tür auf und mit erstaunten Gesichtern stand man sich gegenüber.

»Mann, seid ihr Deutsche?!« — fragte der völlig verwirrte Schulze die inzwischen auf fünf Personen angewachsene Gruppe in der Tür. Ein starker, dunkelhaariger Bauer und seine blonde, schöne Frau mit drei Kindern antworteten blitzschnell: »A jo, wir sind deutsche Kolonisten und heißen Boerner Hans und Marta und das sind unsere drei Kinder.«

»Habt ihr Russen im Dorf?«, fragte sichtlich erleichtert Schulze wieder.

»Bei uns sind seit einer Woche keine Russen mehr da, die haben sich angeblich bis nach Marymont zurückgezogen.«

»Das sind gute zwanzig Kilometer von hier«, sagte Schulze auf die Karte blickend.

»Und fünfzehn Kilometer von Warschau«, ergänzte Boerner. Der dritte Mann aus der Gruppe kam um die Ecke, noch mit aufgepflanztem Bajonett.

»Alles in Ordnung Herr Wachtmeister?« — fragte er, sich vorsichtig der Gruppe nähernd.

»Alles in Ordnung, Marquardt. Wir sind zufällig auf eine deutsche Waldsiedlung gestoßen!«

»O Herrgott, das ist ein echtes Wunder!«

»Nein, nein, kein Wunder« — widersprach der kräftige Bauer. »In Marymont leben auch deutsche Siedler und selbst in Zoliborz findet ihr welche!«

»Jetzt leck mi no!« — staunte der Schwabe Marquardt.

»Soldat Marquardt!« — ermahnte ihn Schulze. »Gehen Sie zurück und rufen Sie unsere Leute zusammen. Und vergessen Sie nicht unseren Mann mit den Pferden mitzunehmen. Sammelpunkt hier vor dem Haus.«

»Das kommt nicht in Frage« — fuhr der Bauer Boerner dazwischen und fügte schnell hinzu: »Als Treffpunkt schlage ich meinen Tisch in der warmen Stube vor.«

Eine halbe Stunde später saßen fünf deutsche Soldaten mit der Familie Boerner gemütlich am Esstisch, die Pferde fürsorglich im Stall untergebracht. Marquardt mit Piertulla, einem Oberschlesier, der mit den Pferden bis jetzt im Walde versteckt wartete, hatten das Pech, draußen die Wache schieben zu müssen. Das deutsche Gespräch auf polnischem Boden schien kein Ende zu nehmen, aber schließlich schickte Schulze die Männer doch ins Bett. Selber fragte er noch den Bauer nach dem Weg nach Marymont aus, und erst dann erlaubte er sich ein Schläfchen. Aufgeregte Stimmen vor dem Haus und das lebhafte Hundegebell rissen Schulze aus dem Schlaf. Auch die anderen Kavalleristen waren schon wach.

Auf einem Pferdefuhrwerk lag schwer verwundet Rittmeister von Borkowitz, sein Offizier! Es dauerte einige Minuten, bis sich Schulze der Lage bewusst wurde. Der Mann, der den Verletzten gefunden und mitgebracht hatte, war Boerners Schwager. Er wohnte in Marymont, war Pole und wollte mit seiner schwangeren Frau die unruhige Zeit bei den Boerners abwarten. Unterwegs war ihnen in Richtung Norden reitende russische Kavallerie aufgefallen. Obwohl sie zweimal durch Kosakenpatrouillen angehalten wurden, durften sie weiterfahren. Die deutlich erkennbare Schwangerschaft der Frau machte ihnen den Weg jedes Mal frei. Kurz vor Lomna sahen sie mehrere Tote, Russen und Deutsche, auch Pferdekadaver — alles deutete auf einen Kampf hin. Lomna war fest in russischer Hand. So bogen sie schnell in den Wald ab und nahmen einen nur ihnen bekannten Schleichweg. Nach ein paar hundert Meter stießen sie auf den schwer verletzten Offizier, der neben seinem toten Pferd lag. Bei näherer Betrachtung stellte Glowa fest, so hieß der Bauer, dass der Mann noch lebte und nahm ihn bis nach Boernerowo mit.

Anfangs standen alle um den Wagen herum, in der Hoffnung, dass der Rittmeister die Augen aufmachen würde, dann aber haben die Frauen den Verletzten in die Stube bringen lassen, um die Wunden zu säubern. Schulze gab Befehl, Beobachtungsposten rund um die Siedlung zu errichten und folgte dem Verletzten in die Stube. Draußen kündigten die ersten Regentropfen eine Wetterverschlechterung an.

Der Verwundete öffnete die Augen und nur langsam konnte er den neben dem Bett stehenden Schulze erkennen. Seine Lippen bewegten sich. Leise, kaum hörbar, Schulze hatte große Mühe die Worte zu verstehen, fing er an zu reden: »Am 13. Oktober, eine Stunde nachdem Ihr...«, hier musste er eine Pause machen, »nachdem Ihr mit dem Spähtrupp weggeritten seid, kam ein Kurier aus der hart umkämpften Ortschaft Blonie mit dem Befehl für unsere Kavallerie, sofort den Rückzug in Richtung ostpreußische Grenze anzutreten. Blonie war nicht mehr zu halten und der ganze Frontabschnitt Mitte musste zurückweichen. Die Russen haben elf neue sibirische Korps in den Kampf geworfen und damit die Initiative ergriffen.« Er blutete leicht aus den Mundwinkeln.

Schulze erhob sich: »Herr Rittmeister, versuchen Sie doch etwas zu schlafen. Sie können mir das Ganze doch später…« »Nein Schulze«, entgegnete ihm der geschwächte Offizier, »Ich muss jetzt sprechen, ich weiß es, ich werde diesen Tag nicht überleben…« Mühsam erzählte er weiter. »Während unsere Kavallerie sofort den Rückzug Richtung Malocice antrat, habe ich den Befehl erhalten, mit fünfzig Mann bis zur Abenddämmerung im Dorf zu bleiben und Ausschau nach Euch und euren Männern zu halten. Gegen Mittag war aber schon alles vorbei. Die Russen kamen von allen Seiten auf uns zu und der ganze Kampf dauerte nur wenige Minuten. Ich versuchte noch ein paar Leute um mich zu sammeln, mit dem Hintergedanken den Wald zu erreichen. Doch die Russen holten uns ein und meine letzten Männer starben direkt am Waldrand. Mein angeschossenes Pferd trug mich tief in den Wald. Mehr weiß ich nicht, nicht einmal wie ich hierher kam…« Er wurde bewusstlos.

Schulze rief den Frauen zu, sie sollten sich um den Verletzten kümmern und ging hinaus. Tausende von Gedanken schossen ihm durch den Kopf. Der Wind blies ihm kalte Regentropfen ins Gesicht. Eines wurde ihm plötzlich bewusst, sie saßen hinter den russischen Linien fest!

Am Abend waren sie alle, die Soldaten und die Zivilisten, um den Leichnam des Rittmeisters von Borkowitz versammelt. Er war gestorben ohne nur noch ein Wort gesagt zu haben. Schulze sprach ein paar Abschiedsworte und der Regen spielte eine Trauer-Mazurka dazu. Die Melancholie der Natur und die Trauer der Menschen bildeten hier eine Symbiose. Am nächsten Morgen markierte ein hölzernes Kreuz am Rande des Dorfes die letzte Ruhestätte des Offiziers. In der warmen Stube versammelte Schulze seine Soldaten zur Lagebesprechung. Er schaute nachdenklich auf die um ihn herum stehende Gruppe.

Minz, Robert, zwanzig, aus Straßburg, stand rechts von ihm und schaute ihn mit fast schwarzen Augen, die in sich noch was Kindliches hatten, an. Seine Haut war auffallend dunkel, die lockigen, schwarzen Haare passten gut dazu. Von zu Hause sprach er ein gutes Französisch und kam als Freiwilliger zur Kavallerie. Er machte seine Arbeit gut, ging mit dem Pferd gut um, aber er schien ihm noch zu jung.

Neben ihm stand der Schwabe Marquardt, Eugen, mit einundfünfzig Jahren der Älteste in dieser Runde und der Zuverlässigste. Bis er was sagte, dauerte es manchmal länger als bei den anderen, aber das hatte dann »Händ' und Fiaß«, wie er immer schön schwäbisch sagte. Schulze schätzte ihn sehr.

Piertulla, Walter, vierunddreißig, Oberschlesier, sprach wie er auch, gut Polnisch. Schmal, dunkelblond, mit fragenden Augen, mit Ohren, die immer nach Geräuschen lauschten, machte er den Eindruck eines Fuchses. Er sprach wenig und fragte nicht viel. Für Sondereinsätze war er gut geeignet. Bei dieser Überlegung fiel es Schulze ein, dass er eigentlich aus dem Mann nie schlau wurde.

Ganz anders dagegen Willi Töpfner, ein Ostpreuße aus Braunsberg, der mit seinen strohblonden Haaren, blauen, strahlenden Augen, mit von vielen Sommersprossen verzierter Nase, mit einem sinnlichen, vollen Mund und vor allem seiner Figur ein richtiger Germane war. Er strotzte vor Kräften. Marquardt nannte ihn hin und wieder »Schluckspecht« wegen seiner Zuneigung zum Trinken. Trotz seiner dreißig Jahren war er noch ein richtiger Lausbub. Charakteristisch für ihn war sein fröhliches Lachen.

Die letzten zwei, ein Zwillingspaar aus dem bayerischen Nördlingen bildeten ein Duo mit Prädikat. Der Eine war ohne den Anderen nicht vorstellbar und beide zusammen sorgten schon manchmal für Aufsehen. Moses und Isaak Abendschein, deutsche Juden, kamen wie Minz freiwillig zum Militär. Sie hatten sich den Krieg mehr als eine Reise hoch zu Ross, als eine Kampfhandlung vorgestellt. Nach dem Tode des Rittmeisters sah man den beiden die Fassungslosigkeit an. Isaak Abendschein machte sogar die Bemerkung dazu, dass ihm die Lage, in der sie sich befanden, ein bisschen an die Leiden des jüdischen Volkes im fernen Palästina erinnere. Daraus entstand sofort ein Streit, denn Moses war ganz anderer Meinung als sein Bruder. Schulze machte dem Palaver ein kurzes Ende.

»Männer«, sagte er zu der Gruppe und alle richteten die Augen auf ihn. »Männer«, wiederholte er mit sicherer Stimme. »Unsere Lage ist klar. Die deutsch-österreichischen Armeen befinden sich auf dem Rückzug in Richtung alte Reichsgrenze. Das heißt für uns, die letzte noch in Frage kommende deutsche Entsatzeinheit ist mindestens fünfzig Kilometer von hier entfernt und marschiert in Richtung Heimat. Somit ist unsere frühere Aufgabe nicht mehr aktuell. Wir müssen uns jetzt Gedanken über unser weiteres Vorgehen machen.«

»Beschissen!« — kommentierte Marquardt die Lage.

»Nu, warum sofort solche schlechte Worte?« — protestierte Moses. »Du bist still, du Meschugge!« — fuhr ihn schroff sein Bruder an.

»Nichts still, Itzekleben, nichts still. Ich habe den Anker, ich habe den Anker gefunden!«, wiederholte er überglücklich.

»Jetzt isch er nübergeschnappt« — bemerkte Marquardt.

»Abendschein...«, versuchte Schulze die Lage zu klären. »Wo haben Sie den Anker und was für einen Anker, zum Donnerwetter, Mann?«

»Nu, ich meine den Rettungsanker!« — kam die prompte Antwort.

»Also reißen Sie sich zusammen und sagen Sie uns, was Sie sich ausgedacht haben!« — sagte Schulze. Es wurde in der Runde still und Moses Abendschein sprach über seine Idee.

»Nu, Herr Wachtmeister, Gottes Hilfe vorausgesetzt, werden wir alle sieben Mann nach Warschau zu meinem reichen Onkel Moritz Rabinowitz, der mit Tuchele und Farben weltweiten Handel treibt, gehen.«

»Und die Russen lassen uns ruhig in die Stadt rein, ohne uns ein Begrüßungskomitee in den Weg zu stellen?« — erkundigte sich etwas boshaft sein Bruder Isaak.

»Nu, die werden auf uns vielleicht schimpfen und schlagen, aber sie werden uns reinlassen.«

»Na nu, na nu...« — wunderte sich Isaak Abendschein. »Werden die Herren Kosaken unsere deutsche Uniformen etwa nicht sehen können?«

»Oh, oh, mein Bruder Isaak ist kein Meschugge mehr, er hat's herausgefunden, dass wir nach Warschau nicht als deutsche Soldaten fahren werden!«

»Was soll das ganze Gequatsche jetzt!« — fuhr Schulze dazwischen. »Als was sollen wir nach Warschau gehen? Als Juden vielleicht?«

»Oh, ich werde ohnmächtig, oh, ich werde verrückt, der Herr Wachtmeister, der hat kluges Köpfele, er hat's herausgeklügelt!« — schrie aufgeregt Moses Abendschein. Alle waren wie elektrisiert. Abendscheins geradezu phantastische Idee bedeutete die Flucht nach vorne.

»Ich werde sofort einen Brief an meinen Onkel schreiben, den nur er verstehen kann. In diesem Brief werde ich ihm unsere Lage genau schildern und um Hilfe bitten. Nu, ich meine, wir brauchen sieben russische Pässe mit jüdischen Namen, sieben gute Kaftane und wir brauchen sieben große Bärte mit Pejs, das heißt mit Koteletten im Gesicht. Nu, ich meine, unser Freund Glowa wird mit diesem Brief zu meinem Onkel Moritz Rabinowitz, der in der Nalewki-Straße wohnt, fahren. Er kann den Kosaken immer sagen, dass er mit der Frau zum Doktor nach Warschau muss. Es werden zwar ein paar Tage vergehen, aber dann sind sie wieder zurück. Nu, wir lassen uns inzwischen große Bärte wachsen und bald werden wir alle recht orthodox aussehen! Nu, Herr Wachtmeister, was sagen Sie dazu?« — mit Triumph in der Stimme fragte Moses den verdutzten Schulze.

»Im Prinzip ist diese Geschichte gar nicht so dumm...« — sagte Schulze, seine Gedanken sammelnd. »Von uns sieben sind zwei echte Juden. Die braucht man nicht zu verändern. Die restlichen fünf Personen werden wir in zwei Grüppchen einteilen, jede bekommt einen Abendschein als Gruppenbegleiter. Es wird uns bestimmt auch helfen, dass Piertulla und ich gut Polnisch sprechen.«

»Und Minz, der Französisch spricht, der sieht sowieso nicht deutsch aus. Aus dem werden wir ohne Schwierigkeiten einen schönen jungen, eleganten Juden machen!« — fuhr Isaak dazwischen.

Man sah den Leuten an, dass sie Gefallen an dieser abenteuerlichen Geschichte fanden. »Wenn das nur gut geht...«, dachte laut Ostpreuße Töpfner. »Ich mit meinem Aussehen, ein blonder Tuchhändler? Da bin ich aber gespannt?!«

Nachdem die Idee auf keinen Widerstand stieß, verordnete Schulze folgendes: »Ab sofort wird sich keiner rasieren und es werden alle Anreden mit Dienstgradnennung unterlassen. Zwei Gruppen werden gebildet; die erste, unter meinem Kommando, wird von Isaak Abendschein als Gruppensprecher nach außen, angeführt. Zu dieser Gruppe gehört außerdem Robert Minz. Der zweiten Gruppe unter Kommando von Marquardt, und mit Moses Abendschein als Gruppensprecher nach außen, werden Piertulla und Töpfner angehören. Der Gebrauch der deutschen Sprache unterwegs ist strengstens untersagt. Diese Gruppe startet erst nach dem Eintreffen der Ersten in Warschau. Die beiden Herren Moses und Isaak Abendschein werden versuchen uns inzwischen ein paar jüdische Worte und typische Benehmensregeln beizubringen. Die Säbel werden sofort bei mir abgegeben, dasselbe gilt für alles, was uns irgendwie verraten könnte; Dokumente, Schriftstücke, Briefe, Bücher, Fotos und so weiter. Die Sachen werden hier im Wald gut versteckt auf uns warten.

Wir sind von der Verpflichtung gegenüber dem Kaiser nicht entbunden, nach der Rückkehr zu unseren Truppen hat jeder die Pflicht, sich bei der ersten erreichbaren Einheit zu melden. Im Falle meines Todes geht das Kommando an Marquardt über. Jeder ist verpflichtet dem anderen beizustehen. Gewehre werden vor dem Abmarsch abgegeben und versteckt. Tragen von Uniformmützen ist ab sofort untersagt.« Er machte eine kurze Pause. »Und bedenken Sie, im Falle einer Verhaftung durch die Russen droht uns die Todesstrafe!«

Am nächsten Tage, es war ein Samstag, sah Schulze die Zwillinge, so nannte er die Juden, wie sie sich zurückzogen und in der Zimmerecke laut beteten. Für einen, der das jüdische Gebet zum ersten Male sah, war das recht ungewöhnlich. Sie standen mit dem Gesicht zur Wand und während sie Verbeugungen machten, erklang eine Art klagender Gesang. Schulze musterte schnell die Gesichter der anderen Kameraden. Sogar bei dem verschlossenen Piertulla bemerkte er eine gewisse Verwunderung. Nur Marquardt stellte sich ein paar Schritte von den Betenden entfernt und versuchte es nachzuahmen. Dazu bemerkte er kurz: »Jetzt lernet m'r z'erscht mol dees.«

Der Samstag wurde zu einem fast normalen Tag. Während die Zwillinge ihrem Gebet in der Stube hingebungsvoll nachgingen, hoben die übrigen Soldaten im Wald, auf einer von Boerner ausgesuchten Stelle, eine Grube aus. Die Stelle war so gut ausgesucht, dass das Regenwasser und Grundwasser keine Gefahr für die dort aufbewahrten Gegenstände darstellten.

Zuerst wurden auf den Lehmboden große Steine gelegt. Darauf kam eine Lage Kieselsteine und dann gelber Sand. Darauf kamen, gut geölt und eingefettet, alle Militärutensilien, die jetzt nicht mehr benötigt wurden. Man sah den Männern an, dass sie sich nur sehr ungern von ihren Säbeln trennten. Persönliche Gegenstände, Militärausweise und sogar alle Uniformknöpfe wurden sorgfältig in einem Steinguttopf untergebracht. Am Montag war es soweit. Der Pole Glowa machte sich mit seiner schwangeren Frau auf den Weg nach Warschau. Gut versteckt in einem zerlegbaren Holzstück nahmen sie den Abendscheinbrief an den Onkel Rabinowitz mit. Um den Russen aus dem Weg zu gehen, nahmen sie einen neuen, von Boerner empfohlenen Weg. Er fuhr auch bis nach Laski mit. Den Weg dorthin kannte er gut. Dort trennten sie sich.

Bei dieser Gelegenheit erfuhr Boerner von dortigen Bauern, dass es um das Städtchen Pruszkow, etwa zwölf Kilometer westlich Warschau gelegen, bis zum Tag vorher schwere Kämpfe gegeben hatte. Die Deutschen befanden sich überall auf dem Rückzug. Mit dieser Nachricht kam er zu den Kavalleristen zurück. Jetzt hieß es nur eines: warten, warten...

Die erste Woche verging wie im Fluge. Nach fünf Tagen ohne Rasiermesser sahen die Männer schon recht verwildert aus. Man genoss die Waldstille und versuchte den Krieg zu vergessen und man studierte Jiddisch. Die Gebrüder Abendschein schienen sehr stolz auf ihre Lehrertätigkeit zu sein und meinten, dass es kein besseres Versteck vor den Russen geben könne, als die von Juden bewohnten Bezirke in Warschau. Nachdem aber die zweite Woche ohne Nachricht aus Warschau zu Ende ging, wurde man ein bisschen nervös. November, der Vorbote des Winters, klopfte mit eiskalten Winden und im Gesicht gefrierendem Regen an. Die Wege wurden unpassierbar und man fragte sich, ob man hier zum Überwintern gezwungen sein werde. Erst am 19. November, es war ein Donnerstag, kam auf dem Pferd der völlig durchgenässte Piertulla, der weit vor der Siedlung Wache hielt, mit der Nachricht, es seien zwei Fuhrwerke unterwegs in Richtung Dorf. Schulze befahl den Männern mit dem Gewehr in der Hand, Ausschau zu halten, um einem eventuellen Überraschungsangriff entgegentreten zu können. Es dauerte eine ganze Ewigkeit bis die Wagen in Sicht kamen. Man sah den Pferden an, dass sie einen schweren Weg hinter sich hatten. Während die Männer in ihren nassen Verstecken lautlos verharrten, ging Boerner auf die Fuhrwerke zu. Auf der Sitzbank des ersten Pferdewagens saßen zwei Männer. In einem von ihnen erkannte er seinen Schwager Glowa. Dieser sprang vom Wagen herunter und umarmte ihn. Er roch nach Wodka und schien überhaupt dem Alkohol etwas zu viel zugesprochen zu haben.

3.

Einige Augenblicke später, in der warmen Stube sitzend, erfuhren die Kavalleristen Näheres über Jan und Marias Reise nach Warschau. Alsbald wurde klar: alles hatte sich ganz anders zugetragen, anders als es am Anfang geplant war. Nach der Trennung von Boerner im Dorf Laski kamen die beiden bis nach Wola, einem hässlichen Vorort Warschaus, ohne die Russen gesehen zu haben. Weiter schafften sie es an diesem Tag nicht mehr. Die enormen Reisestrapazen auf den kaum noch passierbaren Waldwegen und der pausenlose Nieselregen führten zu einer plötzlichen Erkrankung der hochschwangeren Maria. Sie bekam so hohes Fieber, dass an Weiterfahren nicht mehr zu denken war. Sie schafften es nur noch bis zur Hl. Adalbert-Kirche, wo die Frau im Pfarrhaus untergebracht wurde.

Diese große Kirche am Stadtrand von Warschau gelegen, erbaut in den Jahren 1899 bis 1903, einer gotischen Kathedrale ähnlich, passte gar nicht zu den armselig aussehenden Häusern dieser Vorstadt. Hier wohnten die Armen der polnischen Hauptstadt, vorwiegend Arbeiter. Nur die Hauptstraße, die Wolska-Straße, machte einen besseren Eindruck mit ihren Kram- und Handwerkerläden. Zwei- bis dreistöckige Steinhäuser deuteten das Vorhandensein einer dünnen Mittelschicht an. Einen Arzt gab es in dieser Gegend nicht, dafür waren die Menschen hier zu arm. Erst in der Leszno-Straße, der Verlängerung der Wolska-Straße, ganz in der Nähe des jüdischen Stadtviertels, gab es einige Ärzte. Der zugängliche Pfarrer Salewski, der die schwer erkrankte Maria aufnahm, empfahl Jan Glowa, von dort einen Arzt zu holen. Er machte sich mit bangem Herzen auf den Weg und war sehr über die

Größe dieser Stadt erstaunt. Nach einer Stunde überquerte er die Zelazna-Straße und ohne viel fragen zu müssen erreichte er das Haus eines Arztes. Die Wohnung in der Leszno-Straße, nahe der Evangelisch-Reformierten Kirche gelegen, machte einen schockierenden Eindruck auf ihn, denn es roch stark nach Knoblauch! Doktor Linde war nicht leicht zu bewegen, bei diesem Wetter aus dem Hause zu gehen. Erst nachdem ihm Glowa sagte, dass er sich auf dem Weg zum Oberrabbiner Rabinowitz befinde, kam der Arzt aus der Reserve heraus. Er ließ seine Dienstmagd Hannah kommen und wechselte mit ihr mehrere Worte in Jiddisch. Darauf unterbrach Glowa die für ihn unverständliche Unterhaltung und erklärte dem erstaunten Arzt, dass der eigentliche Zweck seiner Reise nach Warschau die Übergabe einer persönlichen Botschaft an den Oberrabbiner sei. Der Arzt musterte ihn kritisch. Die Zeiten waren eben sehr unsicher. Seinem prüfenden Blick hielt Glowa jedoch stand. Der Mediziner empfahl dringend, zunächst den in der Nähe wohnenden Rabbi Rabinowitz aufzusuchen. Erst wenn dieser die Glaubwürdigkeit des Bauern bestätigte, wollte der Arzt dessen Frau helfen. Nach kurzer Fahrt hielt das Pferdegespann vor dem Haus des Oberrabbiners. Der Doktor ging eilends hinein, während Glowa draußen bei den Pferden wartete. Schon nach kurzer Zeit kehrte er zurück und erklärte, der Rabbi sei leider nicht zu Hause, sondern inspizierte Instandsetzungsarbeiten an der Prager Synagoge. Das Problem war nur, dass diese auf dem östlichen Weichselufer stand. Man konnte die Synagoge also nur erreichen, wenn man die von Kosaken bewachte Kierbedz-Brücke, eine riesige Stahlkonstruktion, die in den Jahren 1859 bis 1864 unter der Führung des gleichnamigen Ingenieurs erbaut wurde, passierte. Das aber war in dieser Kriegszeit ohne einen Passierschein, den russischen Propustka, nicht mehr möglich. Die einzige Möglichkeit, mit Rabbi Rabinowitz in Kontakt zu treten, war, das Telefon zu benutzen. Zu der Zeit hatten nur die Regierungsämter, das Militär und die Polizei, wie auch die Kirchen eigene Apparate installiert bekommen. Auch der Rabbi war einer der ersten in Warschau, der sich diese technische Neuerung sehr bald zugelegt hatte. Deshalb verschwand Dr. Linde noch einmal im Hause des Oberrabbiners und ließ sich mit der Synagoge auf der anderen Seite der Weichsel verbinden. Er erreichte tatsächlich Rabinowitz und begann mit ihm zunächst ein belangloses Gespräch über seinen Gesundheitszustand. Er ermahnte ihn, sich nicht zu überanstrengen, weil das seinem kranken Herzen schaden könne, gerade jetzt, wo er doch den Besuch seiner geliebten Neffen zu erwarten habe.

Der kerngesunde Rabbi Rabinowitz verstand sofort diese verschlüsselte Nachricht. Er sagte, dass die Arbeit ihn noch zwei Tage in Anspruch nehmen werde. Danach aber finde er sich zu einer ärztlichen Untersuchung in der Praxis des Arztes ein. Dr. Linde kehrte zu dem wartenden Glowa zurück und sie fuhren zu ihm nachhause zurück. Er teilte der Haus- und Praxishilfe Hannah mit, dass er mit dem Mann in die Hl. Adalbert-Kirche fahren werde, um dessen Frau zu helfen. Zur Abendstunde erreichten sie das Pfarrhaus. Frau Glowa schien es besser zu gehen. Sie war gut versorgt und an ihrem Bett saß eine katholische Nonne. Es waren jedoch neue Probleme entstanden. Während Glowa in Warschau auf Arztsuche war, erfuhr Pfarrer Salewski von der Kranken, dass sie nicht katholisch, wie alle hier in der Gegend, sonder evangelisch war.

Nach der Teilung Polens zwischen Russland, Preußen und Österreich kamen aus diesen Ländern nach Polen viele Beamte und Fachleute, die nicht katholisch waren. Daraus bürgerte sich in Zentralpolen eine vereinfachte aber im Kern ganz falsche Identifizierungsmethode ein. Die Evangelischen wurden mit Deutsch-Preußen, die Russisch-Orthodoxen mit den zaristischen Russen und nur die Katholiken mit richtigen Polen durch das vorwiegend katholische Polenvolk identifiziert. Juden wurden zwar geduldet aber nicht geliebt. Diese Denkweise machte Polen, die nicht katholisch waren zu Fremden in eigenem Land.

So forderte der Pfarrer Glowa auf, mit der Schwangeren nach Warschau weiter zu fahren, und dort nach einer Unterkunft in der evangelischen Gemeinde zu suchen. Der stimmte zu, besonders jetzt, da ein Arzt zur Seite stand. Sie verließen das Pfarrhaus und fuhren sehr bald nach Warschau. In der Leszno -Straße, kurz vor der Wohnung des Arztes, wurden sie von einer Kosakenpatrouille angehalten und nach dem Reiseziel zu dieser späten Stunde befragt. Der Anblick der hochschwangeren und dazu noch so kranken Frau und die Papiere Doktor Lindes waren gut genug, um außer Verdacht zu bleiben. Der Patrouillenkommandant bestand jedoch darauf, dass sie die Begleitung seiner Leute bis zum Arzthaus in Anspruch nahmen. Dem Trio blieb nichts anderes übrig, als sich zu fügen. Unter militärischer Begleitung der Kosaken erreichten sie die ärztliche Wohnung, wo das Ehepaar Glowa auch die Nacht notgedrungen verbrachte.

Am nächsten Morgen fuhr Glowa mit Frau in das Gemeindehaus der evangelischen Kirche, das sich nicht weit entfernt in derselben Straße befand. Es war ein einstöckiges Gebäude, umgeben von zwei bis dreistöckigen Häusern. Man sprach hier polnisch und deutsch und Maria fand schnell hilfsbereite Aufnahme. Da die Geburtswehen bereits einsetzten, wurde ihr Mann hinausgeschickt. Die Frauen bemühten sich um die werdende Mutter.

Bekümmert und sorgenvoll ließ Glowa Pferd und Wagen vor dem Gemeindehaus stehen und lief durch die Straße. Nach etwa hundert Metern blieb er vor einem großen Brunnen stehen. Hier setzte er sich nieder. Plötzlich beschlich ihn Angst und er begann zu beten. Er bat als Katholik alle Heiligen um die Gesundheit für seine Frau, um eine leichte Geburt und um einen gesunden Sohn. Das Gebet verlieh ihm etwas Zuversicht und er beruhigte sich. Er schaute die Brunnenmauer genauer an und entdeckte darauf eine mit Kreide geschriebene Parole: »Krieg — Hoffnung für Polen!«

Als er zu dem Gemeindehaus zurück kam, stieß er in der Eingangstür mit einer Frau zusammen. Sie gehörte zu denen, die sich um seine Frau kümmerten. Neben dem riesigen Kachelofen, lag auf dem großen, massiven Tisch, ein kleiner, aus Leibeskräften schreiender Junge. Das Kind war gebadet worden und die helfende Frau war gerade noch mit Wickeln und Anziehen beschäftigt. Der Pastor kam auf Glowa zu.

»Herr Glowa, zu dem Sohn möchte ich Ihnen gratulieren, was aber Ihre Frau anbetrifft, so sieht es mit ihr nicht gut aus. Wir müssen annehmen, dass sie eine schwere Lungenentzündung hat und durch die Geburt ist sie auch sehr geschwächt. Wir werden natürlich alles tun, was in unserer Macht steht, um sie zu retten. Ob wir es schaffen werden, das weiß nur Gott im Himmel.«

»Dürfte ich meine Frau sprechen?« — Jan Glowa war sehr besorgt.

»Die Lunge soll nicht viel belastet werden. Haben Sie sich mit ihrer Frau schon über den Namen des Kindes geeinigt? In dieser gefährlichen Lage ist es angebracht, den Jungen so früh wie möglich zu taufen. Gehen Sie, gehen Sie zu ihr. Wir können noch danach weitersprechen.«

Maria Glowa schaute mit ihren schönen, braunen Augen ihren Mann an und versuchte sich aufzurichten. Er eilte zu ihr, küsste ihre Hände, legte vorsichtig ihren Kopf zurück und sagte nach einigen Sekunden des Schweigens: »Gott hat uns einen gesunden Sohn geschenkt, wofür wir Ihm von ganzem Herzen danken. Auch in dieser Not wird er uns beistehen. Ich habe darum gebetet und er wird mich erhören.«

»Auch ich habe darum gebetet, mein lieber Jan« — sagte sie.

»Du weißt meine Liebste, dass die Zeit unserer Prüfung gekommen ist. Du bleibst hier bis zur Genesung oder bis...«

»Oder bis zum Tode, mein Lieber?« — unterbrach sie ihn leise.

»Aber nein, du wirst schon sehen! Es wird alles gut werden und wir drei werden Weihnachten zu Hause feiern!« — erwiderte er. »Was ich dich noch fragen möchte, wie soll der Kleine heißen? Hast du schon daran gedacht?«

»Wir geben ihm den Namen Martin...« — sagte sie sehr leise.

»Also gut...« — Glowa erhob sich. »Wenn du nichts dagegen hast, so werde ich den Buben noch heute taufen lassen?« Sie nickte bejahend mit dem Kopf.

Die Taufzeremonie war schlicht und kurz. Der Pastor schenkte dem Kind ein Kreuz mit eingraviertem Datum »11. 11.1914« und versprach, sich weiter um die Kranke zu kümmern. Danach umarmte Jan Glowa seine Frau und sagte: »Noch mal Danke meine Liebste, für diesen Prachtjungen. Du hast mich zum glücklichsten Mann der Welt gemacht. Werde jetzt nur erst mal wieder gesund, Maria. Ich komme Euch jeden Tag besuchen!«

Maria fielen vor Erschöpfung die Augen zu. Sie nickte ihm zu, lächelte glücklich und doch auch etwas besorgt. Ihr Mann küsste sie und ging hinaus zu dem Pastor, der schon vorher ganz leise aus dem Zimmer gegangen war. Draußen verabschiedete er sich von ihm, sagte, dass er am nächsten Tag wieder kommen würde und bedankte sich sehr höflich für die geleistete und die noch zu erwartende Hilfe.

Mit dem Wagen fuhr Glowa zur Wohnung des am anderen Ende der Straße wohnenden Doktors Linde. Der Arzt war daheim. Auf die gute Nachricht, dass es einen quicklebendigen und gesunden Erdenbürger mehr gäbe und dass die Kranke die Geburt besser als erwartet überstanden habe, lud er Glowa ein, einen Schnaps mit ihm zu trinken. Da sagte er nicht nein. Die ganze nervliche Anspannung war nun endlich vorbei und die Freude über seinen Sohn stand ihm im Gesicht geschrieben.

Schon bald ergab sich eine gute Stimmung, die durch eine Flasche Pejsachowka noch verbessert wurde. Um dem fröhlichen Trinken kein abruptes Ende zu machen, holte der Medikus spät in der Nacht noch eine Flasche Äthylspiritus, die als Reserve in der Hausapotheke stand. Er mischte den Spiritus im Verhältnis eins zu eins mit kaltem Wasser, goss etwas Tee dazu, gab einen Teelöffel Zucker und etwas Schnittlauch in die Mischung und stellte die Flasche zum Abkühlen auf das Fensterbrett raus. So wurde auf schnelle ein guter Wodka daraus. An diesem Abend lernte Glowa nicht nur den guten jüdischen Schnaps und Wodka kennen, sondern auch noch Matzenbrot und den ihm bis jetzt unbekannten, übelriechenden Knoblauch, dem der Arzt voll Überzeugung große medizinische Wirkung diagnostizierte. Der jüdische Doktor und der polnische Bauer kamen sich näher. Glowa erfuhr auch, dass der Arzt mit den Sozialisten sympathisierte, ein Begriff das er bis jetzt nicht kannte.

Was den Medikus wiederum besonders freute, war, dass sein Gast recht gut Deutsch sprach. Dr. Linde, selbst ein Galizier, beherrschte die Sprache perfekt. Er hatte sein Medizinstudium in Wien gemacht und seit dieser Zeit schwärmte er von der Weltstadt. Jan Glowa wiederum erzählte dem Arzt, wie es dazu gekommen war, dass er die Tochter eines deutschen Kolonisten geheiratet hat.

Mit »Kolonisten« bezeichneten Polen die meist aus dem Deutschen Reich gekommenen Siedler. Die Zahl der Zuwanderer aus den deutschen Ländern in Polen betrug um die Jahrhundertwende an die hunderttausend.

Zwischendurch wurde natürlich immer wieder auf den kleinen Martin angestoßen und Glowa übte Kinderlieder, mehr oder weniger schön, aber laut. Vom Doktor lernte er sogar noch jüdische Liedele kennen und die beiden doch so unterschiedlichen Männer sangen und tanzten fröhlich durch die Wohnung. So vergingen schnell die Stunden und bald begann der wolkengraue Morgen. Mit schweren Köpfen gingen sie schlafen. Glowa schlief sehr unruhig und träumte von Wien. Fräulein Hannah hatte große Mühe, ihn zu wecken. Auf dem Tisch stand schon ein dampfender Samowar mit gutem russischen Schwarztee aus dem Kaukasus, ein Teller voll belegter Brote und ein Steintopf voll Salzgurken. Salzgurken und besonders die Lake davon galten in diesem Lande als beliebtes Heilmittel gegen den Kater.

Nach dem Frühstück meinte Dr. Linde nach frischer Luft schnappen zu müssen. Bald darauf saßen sie unrasiert und unausgeschlafen auf dem Wagen. Die Turmuhr der nahen Kirche schlug gerade zehn Uhr.

»Fahren Sie in Richtung Weichsel, Glowa. Dort vor der Kierbedz-Brücke ist ein prima Dampfbad. Der Besitzer, Herr Majewski, ist ein guter Bekannter von mir. Hier trifft sich die creme de la creme Warschaus zum Plaudern und um nebenbei auch Geschäfte zu machen. Wir lassen uns baden, massieren, rasieren und danach könnten wir dort noch ganz gemütlich ein Mittagsnickerchen machen. Später können Sie, Glowa, ihrer Frau einen Besuch abstatten und ich werde meine Patienten aufsuchen. Mag sein, dass auch der Rabbi im Dampfbad Halt machen wird. Das wäre gut für uns!« Was besseres konnte er Jan Glowa nicht vorschlagen. Über die Dobra– und Bednarska-Straße erreichten sie das Majewski Dampfbad. Es handelte sich hier um ein vier Stockwerke hohes und U-förmiges Gebäude mit einem sehr hohen Kamin im Innenhof. Links, hinter dem sogenannten Panzer-Viadukt, sah man die Silhouette des »Palastes unterm Blech« und der Warschauer Altstadt mit der Hl. Johannes-Kathedrale und den Türmen des königlichen Schlosses. Rechts vom Majewski Dampfbad war die riesige Stahlkonstruktion der Kierbedz-Brücke über die Weichsel zu sehen, gegenüber auf dem Praga-Ufer die grüne Insel des Zoogartens und weitere Kirchtürme. Besonders gut zu erkennen waren hier die Hl. Florian-Kirche, die russisch-orthodoxe Kirche mit ihren goldenen Zwiebeltürmen und die runde Synagoge in der Petersburgska-Straße. Man spürte die Nähe des Flusses, es war sehr kalt und windig. Die tief hängenden Wolken schienen schneeträchtig zu sein. Unter den kahlen Bäumen hinter dem Badgebäude standen schon mehrere Wagen, Droschken und sogar eine Karosse mit Wappenschild auf der Tür. Pferde sah man nicht. Zum Schutz vor der Kälte waren sie in einen nahen Holzschuppen gebracht worden.

Glowa ließ den Wagen unter den Bäumen stehen. Er sicherte alle vier Räder mit einer Eisenkette vor eventuellem Diebstahl. Die Pferde gaben sie einem Burschen in Obhut, der sie in den Schuppen führte. Dann betraten beide den auf der Südseite gelegenen Nebeneingang. Der Haupteingang, der auf der Nordseite in Form einer überdachten Brücke ausgeführt war, verband die dritte Etage des Bades mit dem Panzer-Viadukt in direkter Nähe der Einfahrt zur Kierbedz-Brücke. Auch eine Haltestelle der über die Brücke führenden Pferdestraßenbahn war hier.

Der Grund, dass Dr. Linde mit Glowa den südlichen Nebeneingang benutzte, war, dass die Haltestelle vor der Brücke der zaristischen Armee als Kontrollpunkt diente. Der Arzt wollte jedes Risiko vermeiden. Sie betraten das Innere des Bades.

Sogleich wurden sie, von der langen Fahrt doch schon ziemlich durchgefroren, von anheimelnder Wärme umfangen. Gute zwei Stunden waren vergangen, bis sie gebadet, massiert und frisch rasiert sich auf den weichen, mit weißen Decken bezogenen Sofas hinlegen dürften.

»Hier fühlt man sich wie in Morpheus Armen!« meinte der Mediziner, gähnte ausgiebig und hörbar und nach wenigen Minuten waren beide eingeschlafen. Das hohe Nasenpfeifen des Arztes ergänzte der Bauer durch ein tiefes Schnarchen, ein unvergleichliches Konzert. Sie schliefen eine Stunde oder etwas mehr, als ein aufgeregtes Stimmengewirr Dr. Linde aufweckte. Er erkannte die Stimmen des bekannten Warschauer Seifenfabrikanten Schicht und die des Rabbi Rabinowitz. Er stand auf und ohne Glowa zu wecken, näherte er sich den laut diskutierenden Herren. Er grüßte höflich den über seinen Anblick erfreuten Rabbiner und die anderen noch Anwesenden. Danach schloss er sich dem Kreis an, innerlich sehr neugierig, was es so Wichtiges gebe, dass die Herren sich in solch einer Aufregung befanden. Alle redeten wild durcheinander!

So hörte er heraus, dass im Morgengrauen, für alle unerwartet, ein oder mehrere deutsche Kriegsluftschiffe einen der beiden Bahnhöfe der Praga-Vorstadt, den Bahnhof der Warschau — Petersburg-Eisenbahn bombardiert hatten. Dieser Bahnhof war für die Russen strategisch sehr wichtig. Jetzt im Krieg ging die ganze Versorgung der zaristischen Truppen, die auf dem westlichen Weichselufer standen, über diesen Bahnhof. Die Nachricht vom Bombardement war für sachkundige Zuhörer von besonderem Interesse.

Man erfuhr, dass ein deutsches Luftgeschwader, das aus mehreren Flugzeugen und Zeppelinen zusammengesetzt war, die östlich von Warschau gelegenen Bahnlinien mit Bomben belegt hatte. Da an diesem Bahnhof ständig ein Strom von

Truppen eintraf, konnte man sich die dort unter den Menschen und Pferden entstandene Panik gut vorstellen. Die ganze Gegend war von Kosaken hermetisch abgeriegelt worden, weshalb niemand etwas Genaueres über das Ausmaß des Luftangriffs wusste. Man sah aber mehrere Krankenwagen, die von und zum neuerbauten Prager Krankenhaus eilten.

Was aber die Herren noch mehr erregte, war das Flugblatt, das angeblich von den Deutschen über Praga-Bezirk abgeworfen worden war und das ein Mitarbeiter des Seifenfabrikanten unter Lebensgefahr aufgehoben und an diesen abgegeben hatte. Herr Schicht las aufgeregt den Inhalt vor. »Der Vormarsch der Russen auf die deutsche Grenze sei«, so lautete das Flugblatt, »in mehreren Schlachten bei Kolo am 7. November nordwestlich von Lodz gestoppt worden.«

In großen Lettern stand es geschrieben, dass »der russische Gouverneur von Warschau, Baron von Korff, begleitet von seinem Adjutanten Hauptmann Fechner und einem polnischen Chauffeur von einer überraschend hinter den russischen Linien aufgetauchten deutschen Dragonerpatrouille gefangengenommen worden war. Sie ergaben sich ohne Widerstand und waren in Gnesen ihrem Rang entsprechend untergebracht worden.«

Diese Gefangennahme löste vor allem bei Rabbi Rabinowitz allergrößte Besorgnis aus. Die fast ein viertel Million Menschen zählende Judengemeinde befürchtete im November 1914 ein Pogrom und schickte, angeführt von ihm, mehrere Abordnungen zu Baron von Korff, dem Gouverneur Warschaus. Man kam miteinander ins Gespräch, was die Gemeinde schon etwas beruhigte. Das von ihm verordnete strenge Alkoholverbot war von sehr großer Bedeutung. Die Stadt war von verschiedenen Armeeeinheiten total überfüllt. Knäuel von Wagen und Geschützen versperrten die Straßen der Hauptstadt. Die schweren Räder und das Geklapper der eisenbeschlagenen Pferdehufe auf dem Straßenpflaster erzeugten einen ohrenbetäubenden Lärm. Die ganze Stadt war eine einzige Kaserne, die Parkanlagen, die Lindenalleen, die Gärten an den Weichselterrassen glichen einem wimmelnden Heerlager. Polens Hauptstadt sollte um jeden Preis gehalten werden. Die vielen neuen, aus dem ganzen Zarenreich zusammengezogenen Soldaten sorgten für Angst und Schrecken bei den Warschauern und insbesondere bei den Juden. Jetzt war plötzlich auch sein Gesprächspartner gefangen genommen! Doch er konnte sich in jeder Lage gut beherrschen. Das wurde auch von seiner Gemeinde stets erwartet. »Und jetzt?« — fragte er sich selbst. »Jetzt muss man sich auf einen neuen, den Juden vielleicht ganz feindlich gesonnenen Mann aus Petersburg einstellen. Ach, wenn nur die Deutschen endlich kämen!«

Trotz seiner inneren Erregung erinnerte er sich des Telefonates von Dr. Linde. Schweigend und diskret berührte er den Arm des Arztes, gab ihm mit den Augen ein Zeichen, dass er ihn sprechen möchte und verließ den Raum. Dr. Linde folgte ihm alsbald. Kurz darauf gingen sie zusammen durch die langen, sehr gepflegten Korridore des Badehauses.

»Was ist das für eine Geschichte über die du mir am Telefon erzählt hast?« — fragte er seinen Hausarzt und Freund. Dieser schilderte genau die Geschehnisse der vergangenen Tage.

»Weißt du auch, wo der Pole diese persönliche Botschaft an mich hat?« — fragte der Rabbi.

»Leider nicht!« — war die Antwort.

»Nu, so gehe ihn wecken und schicke ihn runter zum Wagen. Ich werde dort auf ihn warten. Morgen komme ich zu dir, um das Weitere in Ruhe zu besprechen. Gehe wieder zu den anderen zurück, damit niemand Verdacht schöpft! Halte Augen und Ohren offen! Jetzt sage mir noch bitte, wo der Wagen Glowas steht?!«

Dr. Linde beschrieb ihm den Standort des Wagens und die

beiden trennten sich. Er kehrte zu den immer noch laut diskutierenden Herren zurück. Als Glowa mit den Pferden zum Wagen kam, saß schon der Rabbi wartend darauf, die Beine mit einer dicken Decke zugedeckt. Der Bauer sah ihn kaum an, machte die Pferde fertig und fuhr los.

»Sie sind Herr Glowa?« — fragte der Rabbiner.

»Ja, ja, der bin ich. Und Sie sind bestimmt der Rabbi Rabinowitz, mein Herr?« — erkundigte sich der Gefragte.

»Nu, das stimmt auch«, bestätigte, etwas belustigt, Rabbi.

»Wenn Sie ein Rabbi sind, so wissen Sie bestimmt einen guten Arzt für meine Bekannten Moses und Isaak?«

Sie näherten sich dem Basar in Mariensztat, zwischen der Zrodlowa-Straße und dem Panzer-Viadukt gelegen.

»Wenn die beiden Herren zufällig Abendschein heißen und dazu noch als Neffen mit mir verwandt sind, so würde ich ihnen meinen guten Freund und Hausarzt Dr. Linde empfehlen« — erwiderte witzig Rabbi.

»Also« — sagte Glowa, »Nun Gott sei Dank, wir brauchen keinen Arzt für ihre Neffen. Die beiden erfreuen sich der besten Gesundheit, sie sind zur Zeit in Boernerowo, in einer kleinen Ortschaft, die nördlich von Mlociny, auf der Höhe von Laski, im Kampinos-Wald versteckt, liegt. Was die tatsächlich brauchen, werden Sie aus dem Brief der beiden an Sie erfahren können.«

»Also geben Sie ihn her.«

Glowa bückte sich, nahm ein unscheinbares Holzbrett in die Hand, das ein Teil des Wagenbodens bildete und zerlegte es geschickt vor den Augen des erstaunten Rabbiners. Aus einer Vertiefung in den Innenwänden des Holzbrettes nahm er einen Brief heraus und reichte ihn, sich vorsichtig umschauend dem Rabbi hinüber. Dieser öffnete ihn, sah kurz rein und wandte sich dann an Glowa: »Wir sind gerade am Bazar angelangt. Nu, wenn Sie sich dort was angucken möchten, hätte ich nichts dagegen. Ich werde ein paar Minuten Zeit brauchen, den Brief zu lesen.« Glowa war damit einverstanden. Er hielt den Wagen an, gab dem Rabbi die Zügel ab und schon war er in dem bunten Menschengewühl verschwunden.

Vor einer hübschen, schwarzhaarigen Straßensängerin blieb er stehen und hörte sich die damals in Warschau sehr beliebte und erschütternde Geschichte von der Schwarzen Manka aus Powisle an. Ärmlich gekleidete Frauen legten Butter, in Leintücher eingewickelt, in einen Korb zu Füßen der Straßensängerin. Auch Eier und frischgebackenes, duftendes Brot, und ein paar Kopeken, lagen dort. Glowa, der noch einige kleinen Kupfermünzen hatte, wollte die Sängerin auch für ihren traurig schönen Gesang belohnen, griff nach den Münzen in die Manteltasche und fühlte plötzlich dort die Kälte einer fremden Hand. Er packte sie fest an und ließ nicht locker. Aus der gewaltsam geöffneten Hand entnahm er seine Groschen und steckte sie zurück in die Manteltasche.

»Lass ihn sofort los, sonst bist du dran!« — erklang aus dem sich inzwischen gebildeten Kreis eine resolute und freche Stimme. Ein Blick auf die gezückten Messer genügte Glowa. Er ließ den Jungen los und begleitet von den wütenden Rufen der Warschauer Messerstecher; »Hau bloß ab, du dreckiger Bauernlümmel!«, verließ er eilig den Bazar.

Der Rabbi hatte inzwischen den Brief gelesen und so konnten sie weiter fahren. »Was war denn da für eine Aufregung?« — wollte er wissen. Er bekam aber keine Antwort. Glowa war es jetzt gar nicht nach Gesprächen zumute. So führte der Rabbi lange Zeit einen Monolog, während sein Begleiter bloß ab und zu mit dem Kopf nickte.

»Lieber Herr Glowa, ich werde Ihnen nun sagen, was wir weiter machen werden. Wir werden morgen zusammen zu meinen Neffen fahren. Den Brief habe ich bereits verbrannt. Ich

40

werde bis morgen noch einige Pässe und Kaftane besorgen und dann machen wir uns sofort auf den Weg. Ich hoffe, dass wir noch vor dem ersten Schnee dort eintreffen werden. Lassen Sie mich in der Leszno-Straße aussteigen, besuchen Sie ihre Frau und sagen Sie ihr, dass ich ihr eine »Mamka« zum Stillen täglich schicken werde. Sollte Ihre Frau wirklich etwas an der Lunge haben, so ist es besser, wenn sie nicht selber stillt. Unseres Hausmädchen, die ihr kleines Kind nicht mehr zu stillen braucht, wird das bestimmt gern für ihre Frau tun. Dadurch sammelt sie in Ruhe ihre Kräfte. Später gehen Sie wieder zum Dr. Linde, wo Sie nochmals übernachten können. Morgen kommen Sie dann mit ihrem Fuhrwerk zu mir an mein Haus und wir fahren mit zwei Wagen los.«

Diese Bereitschaft des Rabbi, der Kranken helfen zu wollen, nahm Glowa dankend an. In der Leszno-Straße verabschiedeten sie sich und er fuhr weg. Dem kleinen Sohn und der Kranken schien es wirklich an nichts zu fehlen. Sie waren sehr gut umsorgt und nur die bevorstehende Trennung machte den beiden Eheleuten etwas zu schaffen. Sie verstanden aber diese Notwendigkeit und Glowa versprach seiner Frau, sie und den kleinen Martin, so schnell wie möglich, nach Hause zu holen.

Am nächsten Tag traten die beiden Männer die Reise nach einem kräftigen Frühstück an. Glowa fuhr mit seinem Wagen voraus, der Rabbi mit dem zweiten Wagen hinterher. In Glowas Versteck lagen jetzt drei neue Pässe mit den notwendigen Passierscheinen. Auch er bekam, sicherheitshalber einen Passierschein in die Hand. Mehr Pässe konnte in so kurzer Zeit selbst der Rabbi nicht auftreiben. Am Abend erreichten sie Zoliborz, wo sie bei einem dem Rabbi bekannten Juden übernachteten. Dann fuhren sie weiter, bis sie müde aber zufrieden, Glowas Hof erreichten. Er wollte nachschauen, ob alles noch in Ordnung war. Seine greisen Eltern dankten Gott für das Wiedersehen mit ihrem Sohn. Sie blieben länger als beabsichtigt, ganze fünf Tage. Wegen des bevorstehenden Winters hatte der Bauer im Hof jede Menge Arbeit und die musste zuerst erledigt werden. Anschließend fuhr er mit dem Rabbiner weiter, bis sie den im Wald versteckten Weiler Boernerowo erreicht hatten.

Dass die beiden bei der Begrüßung durch Boerner nach Alkohol rochen, war nur den von Glowa vorgeschlagenen, in diesem Lande durchaus üblichen Abwehrmaßnahmen gegen Kälte und Angst vor dem Ungewissen, zuzuschreiben.

4.

Die lange Erzählung Glowas über seine Reise nach Warschau wurde mit gespannter Aufmerksamkeit verfolgt. Weniger Begeisterung entstand aber bei dem Gespräch mit Rabbi Rabinowitz, besonders, nachdem bekannt wurde, dass er zwar Kleider für alle, aber nur drei, schon auf die Namen Isaak und Moses Abendschein und Robert Dubois ausgestellte Reisepässe mitgebracht hatte. Außer den zwei echten russischen Reisepässen hatte er gerade noch einen französischen für Minz besorgen können. Er gehörte einem französischen Juden, der einige Zeit in Warschau geweilt hatte und an einer zu dieser Zeit in Warschau grassierenden Ruhrepidemie gestorben war.

Nach längerem Gespräch kam man überein, dass die Passbesitzer zu Beginn der folgenden Woche mit dem Rabbi nach Warschau fahren- und dort untertauchen sollten. Die verbliebenen Kameraden sollten jeweils zu zweit mit Hilfe von Boerner und Glowa zunächst nach Marymont gehen und auf Glowas Hof die Papiere und eine Reisemöglichkeit nach Warschau abwarten.

Am Montag früh, es war schon der 23. November und es roch buchstäblich nach Schnee, fuhren drei »Tuchhändler« mit Rabbi Rabinowitz in Richtung Warschau ab. Beim Abschied lag in allen Augen die Frage, ob man sich jemals wieder sehen werde. Alle gingen ungewissen und gefährlichen Zeiten entgegen. Boerner und Glowa saßen sich schweigend gegenüber. Die Spannung war unerträglich. Da kam der Vorschlag von Marquardt, Lose zu ziehen, um die Zusammensetzung der nächsten Gruppe festzulegen, gerade recht. Das Los fiel auf Schulze und Piertulla. Es wurde mit Töpfner und Marquardt vereinbart, dass sich die ersten zwei am Abend mit Glowa auf den Weg nach Marymont machen würden. Da die beiden gut polnisch sprachen, schlug der Pole vor, sie sollten sich als Bauern verkleiden. Mit den fremd wirkenden Kaftanen würde man in der kleinen Siedlung zu sehr auffallen. »Marymont ist nicht Warschau« — meinte er schmunzelnd dazu. Nach einem kräftigen Essen fuhr die Gruppe mit ihm ab. Er fand es sicherer, seinen Hof unerkannt in der Abenddämmerung zu erreichen. Bald verschwand er hinter den ersten Bäumen des Waldes, begleitet von zwei kräftigen Bauern. Schneeschwangere Wolken und ein kalter Nord-Ost-Wind zwangen zur Eile. Durch die Waldschneisen und über Feldwege schleichend erreichten sie, durchgefroren aber glücklich, am Abend den Hof. Ohne viel Lärm zu machen, brachten sie Wagen und die Pferde in die Scheune, wo sie sich im würzig riechenden Heu zum Schlafen legten.

Am nächsten Tag stand Glowa als Erster auf und ging in das gegenüber stehende Haus, in dem seine Eltern wohnten. Die Wiedersehensfreude war groß und nur die Sorge um Maria und Martin, die in Warschau hatten bleiben müssen, dämpfte diese etwas. Er stellte seinen Eltern Schulze und Piertulla als zwei Bekannte von Boerner vor, die hier im Hof einige Zeit verbringen würden. Es wurden keine Fragen gestellt, denn wen der Sohn nach Hause einlud, der war auch den Eltern willkommen. Der erste Tag verging schnell, die warme Stube, das gute Essen und ein guter, kalter Wodka sorgten für gute Laune. Am Abend setzten sich alle um den großen Kachelofen, um Glowas Erzählung über seine Reise nach Warschau zu hören. Der Kachelofen diente in kalter Jahreszeit als Schlafstätte für die Alten. So schlief auch bald seine Mutter ein, und nur die Männer saßen noch bis spät in die Nacht und erzählten. Der alte Glowa wurde vorsichtshalber in das Geheimnis eingeweiht. Einmal war es so einfacher für alle, zweitens gehörten die Glowas zu jenem schweigsamen Menschenschlag, wie man ihn auf den alten Dörfern oft noch finden kann. Um nicht tatenlos herumzusitzen, boten Schulze und Piertulla am nächsten Tag ihre Hilfe im Hof an. Man rechnete stündlich mit Schnee und so ergaben sich zwangsläufig als die wichtigsten Aufgaben das Abdichten der Fenster und das Holzhacken. Während die Deutschen sich hinter den Holzblock stellten, ging Jan Glowa an das Fensterabdichten. Die verkleideten Kavalleristen hatten bis zur Abenddämmerung unter der windgeschützten und überdachten Hausseite einen riesigen Holzstoß säuberlich geschichtet und vor dem Umkippen abgesichert. In den nächsten Tagen sorgten weitere Arbeiten in Hof und Scheune für Beschäftigung und gute Laune. In der Nacht vom ersten auf den zweiten Dezember kam der Schnee und soweit das Auge sehen konnte, lag alles unter einer weißen Decke. Fast zwei Wochen lang schneite es ununterbrochen. Einmal gewaltig mit heulendem Wind, dann wieder leise, fast romantisch. Danach kam klirrende Kälte. Die Weichsel und ihre kleinen Ausläufer, die hier in der Gegend häufig zu finden waren, froren zu.

Eine Woche vor Weihnachten wurde mit den Vorbereitungen zum Fest begonnen. Ein Schwein wurde geschlachtet und Glowas Vater, unterstützt von Piertulla, beschäftigten sich mit dem Herstellen von Wurst, Sülzen verschiedener Art und Bigos. Bigos, eine traditionsreiche altpolnische Speise darf bei großen Festtagen nie fehlen und in jeder Gegend kennt man eine andere Geschmacksvariante. Es gibt Bigos aus Sauerkraut, aus Sauerkraut mit frischem Weißkohl, aber auch ausschließlich aus frischem Weißkohl, ein Jägerbigos aus gebratenem Wildfleisch, einen litauischen Bigos oder auch den sogenannten Gaunerbigos. Piertulla interessierte sich sehr für die Zubereitung und machte sich sogar Notizen, um es daheim einführen zu können: »Wird Bigos mit Weißkohl und Sauerkraut gemacht, dann wird der Weißkohl fein geschnitten und vor dem Kochen unbedingt blanchiert, während das Sauerkraut nur etwas gehackt wird. In etwas Kochwasser von den Würsten wird das Kraut auf kleiner Flamme gedünstet. Auf ein Kilogramm Kraut kommt eineinhalb Kilo Fleisch und Wurst, wobei das Fleischgemisch aus in Würfel geschnittenem Schweinefleisch, einem Stückchen gebratener Ente und aus in Scheiben geschnittener Wurst bestehen kann. Dazu kann man noch in Würfel geschnittenen mageren gekochten Schinken geben. Dann werden noch vier große, saure Äpfel untergemengt. Nicht fehlen dürfen natürlich eine handvoll getrockneter Pilze, mindestens fünfzig Gramm, die extra gekocht, kleingeschnitten, mit dem Kochwasser zusammen zu dem leise köchelnden Bigos gegeben werden. Zwei Esslöffel gutes Pflaumenmus oder zwanzig eingeweichte klein geschnittene Pflaumen. Da der Bigos pikant abgeschmeckt werden soll, wird zum Schluss mit Pfeffer, Salz, eventuell Zucker und einem Glas Rotwein verfeinert. Unter häufigem Umrühren wird auf kleiner Flamme noch circa vierzig Minuten weiter gedünstet. Am Tag danach den Bigos aufwärmen. Am besten schmeckt er nach dem dritten Aufwärmen. Obwohl der so zubereitete Bigos schon ausgezeichnet schmeckt, wird er durch Zugabe von gebratenem Wildfleisch mit etwas Bratensoße noch delikater.«

Dem appetitlichen Duft dieser hervorragenden Mahlzeit konnten auch Schulze und Piertulla nicht widerstehen. Man probierte ausgiebig. Mit Schwarzbrot und gut gekühltem »Bimber«, einem aus Kartoffeln selbst gebrannten Schnaps, wurde das Ganze vervollständigt.

Da Bigos sehr heiß gegessen wird, muss er entsprechend stark mit Bimber »gekühlt« werden, wie Jan Glowa bei jedem neuen Glas versicherte. Mit frisch gebackenem Schwarzbrot, das aus einer Blechform auf den Tisch kam, wurde die Bigossoße aufgenommen. Das Probieren hätte wahrscheinlich kein Ende mehr genommen, der Bigos aber umso eher, hätte nicht Frau Mutter, wie Jan Glowa seine Mutter voll Hochachtung anredete, kurzen Prozess gemacht. Sie erklärte, dass es noch einige Tage bis Weihnachten wären und sie diese Probiererei bei jedem neuen Aufwärmen schon gut kenne. Trotz dieser Strenge erhielt noch jeder eine ordentliche Portion extra zugeteilt. Auch die nächsten Tage herrschte ungewöhnliche Betriebsamkeit in der Stube. Dort stellte der alte Glowa in alle vier Ecken ungedroschene Korngarben und am Heiligen Abend wurde etwas Heu unter das Tischtuch des festlich gedeckten Weihnachtstisches gelegt.

»Polnische Weihnachten« lässt heidnische und christliche Bräuche zu einem farbigen Mosaik werden. Das Festmahl am Heiligen Abend beginnt bei Einbruch der Dunkelheit, mit dem Erscheinen des ersten Sterns. Diese wichtige Aufgabe, nach dem ersten Stern zu achten, wurde stets dem Jüngsten zugeteilt und so schaute Piertulla sehnsüchtig zum abendlichen Himmel hinauf. Inzwischen waren Glowa und Schulze mit dem Schmücken des Tannenbaums beschäftigt, was traditionell Männersache ist. Unter dem noch stark nach Wald duftenden Baum wurden die Geschenke ausgebreitet.

Geschenke, auch die kleinsten Gaben, besitzen an diesem Abend einen ganz besonderen Wert, sie sind ein Symbol der Liebe und Freundschaft der Menschen untereinander. Es dauerte nicht mehr lange und Piertulla trat in die Stube mit der frohen Nachricht, der erste Stern sei da. Darauf lud die Hausfrau alle Anwesenden zum Festtisch, an dem nach altpolnischem Brauch für die abwesenden und verstorbenen Angehörigen symbolisch ein Gedeck und ein Stuhl freigehalten wird.

Das darauf folgende Teilen der Oblaten unter den Anwesenden bedeutet die Verzeihung aller Kränkungen und Verfehlungen untereinander. Das wird traditionell mit einem Kuss besiegelt. Das Teilen der geweihten Oblaten hat vor allem auf den evangelischen Schulze einen großen Eindruck gemacht. Er schaute sichtlich bewegt zu, wie sich zuerst die Eltern und dann Glowa die Eltern umarmten und küssten. Auch er nahm an dieser versöhnlichen Zeremonie teil. Erstaunt sah er, dass auch den Haustieren Oblaten Stückchen gegeben wurde, damit sie gesund blieben und sich gut vermehren würden.

Während für Glowa und seine Gäste die letzten Tage des Kriegsjahres 1914 friedlich und ruhig ausklangen, flammte der Weltkrieg draußen wieder heftig auf, doch davon wusste man auf dem einsamen, tief verschneiten Hof in Polen nichts.

5.

Inzwischen entbrannte der Krieg auf der ganzen Frontlinie wieder in aller Härte. Trotz Schnee und Kälte gingen die
Deutschen mit ihren Verbündeten am 11. November 1914
zum Gegenangriff über. In Ostpreußen, beginnend im Raum
Thorn, rückte der Grenzschutz des Gouvernements Thorn
vor. Zwischen dem 12. und 19. November folgten Angriffe
des Grenzschutzes des Gouvernements Graudenz aus dem
Raum Soldau und der 2. Kavallerie-Division, die entlang des
Flusses Wkra in Richtung Ciechanow ritt. Das Korps Zastrow
mit der nördlich von ihm folgenden 4. Kavallerie-Division
bewegten sich über das Städtchen Mlawa in Richtung auf
Prassnysch.
So entstand hier bis Mitte Januar 1915 eine neue Frontlinie,
die bei Wloclawek beginnend und bei den Grenzstädten Mlawa und Neidenburg endend, einen Territoriumszuwachs zwischen ein- und zweihundert Kilometerbreite, südlich der ost-
preußisch-russischen Grenze verlaufend, bedeutete.
Die 9. Armee, die im Westen im Raum zwischen Warthe und
Weichsel zum Angriff antrat, erreichte mit ihrem 1. Reserve-
korps, das am 11. November aus dem Sammelraum Wloclawek abmarschierte, das südlich von Plotzk gelegene Kujawien
-Städtchen Gombin und eine Woche später den Fluss Bshura
bei Lowitsch. Nördlich von ihm sickerten das XIII. und das
III. Reservekorps in den Raum zwischen dem westlichen
Weichselufer und dem Städtchen Sochatschew ein. Südlicher
davon, aus dem Raum Wreschen und Kalisch kommend, folgten weitere deutsche Vorstöße in Richtung Osten. Das Korps
Breslau, mit Vorstoß Richtung auf Widawa, bildete die südli-
che Grenze der 9. Armee, die jetzt unter dem Kommando des

Prinzen Leopold von Bayern kämpfte. Hier schlossen die Korps Posen, Kavalleriekorps Frommel, XI., XVII., XX. und XXV. Reservekorps zwischen dem 16. und 22. November 1914 die Industriestadt Lodz von Westen, Norden und Osten ein. Das Kavalleriekorps Richthofen mit Unterstützung des XXV. Reserve- und XX. Korps erreichten am 15. November den Raum südlich von Kutno und kämpften sich vorwärts in Richtung Skiernjewitze, dem strategisch wichtigen Eisenbahnknotenpunkt, vor.

Nach dessen Einnahme bildete die Dezember-Frontlinie fast eine Gerade, die beginnend am westlichen Weichselufer im Norden, entlang des Flusses Bshura und Rawka bis zum Fluss Pilitza zwischen den Städten Tomaschow und Nowe Mjasto, verlief. Von hier bis nach Jendrtschejew und weiter über die Weichsel östlich von Krakau, bis nach Tarnow, am Fluss Dunajec gelegen, marschierten die 1. und die 4. K.u.K.-Armeen in Richtung Osten mit. Diese Frontlinie, die Russisch-Polen halbierte und auf der Stabskarte wie eine Sehne zwischen den Ufern der Weichsel, die in Polen einen großen Bogen in Richtung Osten macht, aussah, wurde dann Ende Dezember 1914 zu Dauerstellungslinie. Das kriegerische Glück blieb diesmal bei den Deutschen und ihren Verbündeten.

In Boernerowo und Marymont wusste man das alles nicht. Die zu dieser Winterzeit nicht mehr vermutete Ankunft des Rabbi Rabinowitz weckte die gut ausgeruhten Kavalleristen aus dem Winterschlaf. Der Rabbi brachte einen Jüngling mit, der mehrere Prellungen hatte. Er war etwa vierzehn Jahre alt und schaute sich neugierig in der Stube um. Während der Rabbi das kriegerische Geschehen der letzten Tage schilderte, wurde der Junge entkleidet und nach Wunden untersucht. Frau Boerner brachte einige Verbände und Bandagen mit viel Geschicklichkeit auf. Man sah ihm an, dass er diese Behandlung wohl zu genießen wusste. Er schien sehr stolz auf seine Wunden zu sein. Die Schmerzen ertrug er ohne einen Klagelaut zu äußern. Der Rabbi hatte ihn in der Nähe von Sochatschew gefunden. So kamen sie beide zusammen zu den Boerners.

Er hieß David Komorowski und war ein begeisterter Anhänger der Deutschen. Deshalb stellte er sich nach dem deutschen Einmarsch in Polen in der Stadt Pabianice den Deutschen als Dolmetscher zur Verfügung. Er war so flink und mit so großem Organisationstalent ausgestattet, dass ihn die Deutschen eingekleidet und zum »Kolonnenjulius« ernannt haben. Er blieb bei einer Automobiltruppe und leistete dort ausgezeichnete Dienste. Er erkundete die Wege, er organisierte das Essen für die Soldaten. Als Jude schaffte er es sogar im Städtchen Ostrowo für jüdische Soldaten seiner Einheit das Kosheressen zu besorgen.

Ausgerechnet jetzt, als seine Truppe wieder in Richtung Osten fuhr, wurde ihm seine Betriebsamkeit zum Verhängnis. Während eines Abstechers zur Essenbeschaffung wurde er von einer russischen Patrouille überrascht und in Richtung Warschau mitgenommen. Seine Wunden waren in Wirklichkeit lauter Prellungen, die meisten stammten von der Gefangennahme. Da er sich dabei wie eine Katze zu widersetzen versuchte, haben ihn die Kosaken geschlagen, um seinen Widerstand zu brechen. Das gelang nur für kurze Zeit, denn in der Abenddämmerung, in der Nähe des Kampinos-Waldes, ließ sich der kleine David vom Pferd herunterfallen und ehe seine überraschten Begleiter darauf reagieren konnten, verschwand er im Schneesturm auf Nimmerwiedersehen.

Der Junge war sofort bereit, zu seiner deutschen Automobileinheit zurückzukehren. Dabei machte er das Angebot, Marquardt und Töpfner, zu den deutschen Frontlinien zurückzuführen. Boerner bot sich an, nach Marymont zu fahren und den dortigen Kameraden die Nachricht zu übermitteln. Er riet den Dreien in Richtung auf Sochatschew, entlang des Flusses Utrata zu gehen.

Mit vielen guten Wünschen verabschiedete man am nächsten Tag die kleine Gruppe. Frau Boerner konnte ihre Tränen nicht zurückhalten. Die drei Männer zogen mit den Pferden in Richtung Westen. Über tief verschneite Feldwege durchquerten sie das Gebiet zwischen den Ortschaften Lubiec und Leszno und ritten unentdeckt in Richtung Sochatschew weiter. Die Nacht verbrachten sie im Wald, wo die Bäume etwas mehr Schutz vor der Kälte und auch vor den Russen boten.

Am zweiten Tag, in der Nähe der Ortschaft Kampinos, konnten sie schon Kanonendonner hören. Sie schöpften daraus Hoffnung, bald auf deutsche Truppen zu stoßen. Sie ritten vorsichtiger, um nicht den Russen in die Hände zu fallen. Am Zusammenfluss von Utrata in Pilitza, konnte man mit bloßem Auge Soldaten und Militärgerät erkennen. Man sah lange Nachschubkolonnen mit Munition und dahinter am Ende, die von Pferden gezogenen dampfenden Feldküchen. Auch Verwundete, auf den mit langen Kufen versehenen Fuhrwerken liegend, wurden in Richtung Osten transportiert. Marquardt schlug vor, eine Anhöhe zu suchen, um den Frontlinienverlauf besser feststellen zu können. So ritten sie auf den einzigen Hügel in der Gegend zu. Der junge David, der bis jetzt eher fröhlich wirkte, machte plötzlich einen angespannten Eindruck. Die verschneiten Trauerweiden am Ufer des Pilitzaflusses waren voll schwarzer Krähen, die bei jeder Granatenexplosion mit lautem Lamento in der Luft kreisten, um danach wieder auf ihre alten Plätze auf den Baumspitzen niederzugehen. Sie schlichen jetzt unter den verschneiten Bäumen des Herrenguts Zelazowa Wola, der Geburtsstätte Frederic Chopin. Aus dem hinter den Bäumen versteckten Haus erschallten in die Abenddämmerung russische Laute, durch die geöffnete Eingangstür vernahm man den Klang einer Balalaika, schön und lustig tönend, jedoch so fremd in dieser Gegend. Unbemerkt von den Russen passierten die Reiter den Ort und bewegten sich entlang der Straße nach Chodakow, einer Ortschaft, die nur noch etwa fünf Kilometer entfernt und direkt am Fluss Pilitza lag.

Es schneite leicht und die mitgebrachten Vorräte gingen langsam zu Ende. Die Kälte breitete sich in ihren Körpern aus. Am Abend des zweiten Tages machten sie sicherheitshalber auf dem Friedhof in Chodakow halt. David schlich in die Wohnung des Friedhofsaufsehers und jagte ihm durch sein plötzliches Auftauchen einen gehörigen Schreck ein. Nachdem er sich beruhigt hatte und man etwas ins Gespräch kam, erwies er sich als ein ausgezeichneter Kenner der Frontlinie. Von Amtswegen musste er täglich in der Gegend herumfahren und die gefallenen Russen aber auch Polen einsammeln und in die Friedhofskapelle bringen. Die Polen wurden dann nach katholischem, die Russen nach orthodoxem Ritus begraben. Nach einigen Wochen wurde er in der Gegend so bekannt, dass die auf den Straßen patrouillierenden Kosaken bei seinem Anblick ein Kreuz schlugen, auf den Boden spuckten und einen großen Bogen um ihn machten.

Von ihm erfuhren die Kavalleristen, dass die Deutschen im nur noch zehn Kilometer westlich gelegenen Dorf Ruschki stehen. Dazwischen lagen das Städtchen Chodakow, der verschneite Fluss Pilitza und Tausende von Russen mit ihren Pferden und Kanonen. Der Friedhofsaufseher schimpfte laut auf beide kriegführende Parteien. Nachdem er sich aber wieder beruhigt hatte, zog er eine kleine Flasche Schnaps aus der Manteltasche, ein Stück Brot aus der anderen und bot es den von der Kälte geplagten Besuchern an. Danach lud er sie zu sich nach Hause, wo sie buchstäblich zwischen Särgen und verschneiten Leichen, die heute eingesammelt worden waren, eine Art Totenschmaus feierten. Da er den ganzen Tag unterwegs war, blieb seine Stube unbeheizt und kalt. Sie bot aber immerhin ein Dach über den Kopf und Schutz vor Schnee und Wind. Der Mann schien sehr selten Besuch zu haben. Man sah ihm die Freude an, endlich drei lebende Zuhörer zu haben. Er erklärte mit Davids Hilfe den erstaunten Deutschen, warum er vorher so geschimpft hatte.

Er war überarbeitet und hatte die Nase voll, jeden Tag in der von Kälte gefrorenen Erde immer wieder neue Gräber auszuheben. »Früher, vor dem Krieg«, erzählte er den Männern, »...früher hatte er einen oder höchstens zwei Tote in der Woche zu begraben. Heute waren es bis zu zehn am Tag und ein Ende war nicht in Sicht. Diese unerwartete Arbeit, konnte er alleine fast nicht mehr bewältigen.«

Dazu bemerkte Töpfner, dass sie ihm heute für die Unterkunft und das Essen bei der täglichen Pflicht helfen könnten. Das musste man dem Polen nicht zweimal sagen, er holte aus dem Schuppen das nötige Werkzeug und so gingen sie zu viert ans Werk. Nachdem alle Gräber ausgehoben waren und man sich in die Behausung zurückziehen wollte, erklärte Töpfner den verdutzten Kameraden, dass er hier auf dem Friedhof noch eine Weile bleiben möchte. Er wolle noch ein Grab extra schaufeln. So blieb er alleine in der Dunkelheit zurück, während die anderen, von Erschöpfung müde, ins Haus gingen. Bevor sie es betraten, spuckte der Pole kräftig auf den verschneiten Boden und bekreuzigte sich. David verstand nur schwer sein Murmeln. Was er da hörte, jagte ihm gehörige Angst ein.

»Verflucht, ein sehr schlechtes Zeichen, wenn jemand freiwillig ein Grab schaufeln will, für Menschen, die noch leben. Verflucht schlecht ist das! Der Herrgott mag so was nicht!«

Er übersetzte diese Worte Marquardt. Der Schwabe fühlte wie sich sein ganzer Körper mit einer Gänsehaut überzog.

»So a Lettagschwätz!« wollte er sagen, aber die in den schwarzen Augen des Jungen stehende, panische Angst ließ ihn schweigen. Ohne weitere Worte legten sie sich auf den kalten Boden des Raumes und versuchten zu schlafen. Während der Pole sofort eingeschlafen war, hatten sie, durch die doch etwas ungeheuerliche Umgebung belastet, Schwierigkeiten zur Ruhe zu kommen. Marquardt sah zum ersten Mal in diesem Krieg, wie in einem Traum, die geliebte Heimat.

Vor seinen Augen tauchten bunte Bilder der Kindheit und Jugendzeit auf. Das Geburtshaus in Perouse, die Besuche bei seiner Tante Klara auf dem Schillerhof in Gerlingen, von wo aus man bei klarem Wetter weit ins schwäbische Ländle sehen konnte. Dann wiederum der Kasernenhof auf dem Arsenalplatz in Ludwigsburg, wo er als junger Soldat beim Alt-Württemberg-Regiment die Grundausbildung absolviert hatte. Dann die schönen schwarzen Augen der Tochter des Apothekers in Markgröningen, die es ihm so sehr angetan hatten und die er bis heute nicht vergessen konnte. Und dann die Begeisterung der Menschen in den Straßen der Stadt über die in den Krieg ziehenden Soldaten. Und dann die ersten toten Kameraden mit erstaunt aufgerissenen Augen, die noch zu fragen schienen: »Warum ich?!«

Das Gesicht des gefallenen Rittmeisters von Borkowitz tauchte aus dem Dunkeln auf und Marquardt glaubte noch seine Worte: »Ich weiß, dass ich noch heute sterben werde...«, zu hören. »Pfui Teifel« — bekreuzigte er sich, erschreckt durch diese Visionen aus der Vergangenheit. »Pfui Teifel, es muss doch was Wahres an dem ganzen Gerede sein, dass man vor einer bevorstehenden Schlacht, solche Visionen bekommt.«

Später hörte Marquardt wie sich Töpfner, nach getaner Arbeit leise in die dunkle Ecke legte. Er schien ein Gebet zu sprechen, aber ganz sicher war sich der Schwabe nicht, das Zähneklappern des jungen Davids neben ihm war lauter. Langsam wurde er innerlich wieder ruhiger und schlief endlich ein.

Nur der kleine David, der mit vor Angst weit aufgerissenen Augen dalag, fand noch lange Zeit keine Ruhe. Er nahm vor sich die Gestalt seiner verstorbenen Mutter wahr, die er so gerne noch einmal gesehen hätte. Er wollte ihr voll Stolz seine deutsche Soldatenuniform zeigen. Die Mammele, wie er sie nannte, sie sollte es ruhig wissen, dass er kein Krämer geworden ist, sondern ein feiner Herr Soldat.

Das hatte hier im Lande große Bedeutung in den Augen der Leute und das wusste er. Die Juden dienten nicht in der russisch-zaristischen Armee, sie waren außerhalb der Gesellschaft. Er meinte, die Mammele hätte es gern gesehen, sein schönes Feldgrau und sie würde stolz auf ihn sein. Er zog zufrieden die Decke über den Kopf und schlief ein. Ab und zu hörte man in der Friedhofsstille die Stimme des kleinen Davids, der im Schlaf nach Mammele rief. Draußen schneite es leicht, fast majestätisch langsam. Die verschneite Kirchenuhr ließ mit ihrem monotonen, stumpfen Schlag die kleinen Glasscheiben des Schlafraums erzittern.

Im Morgengrauen weckte der Pole alle auf. Man sah es ihnen an, dass sie nicht ausgeschlafen waren. Sie legten sich auf den Boden des Leichenwagens, die Pferde liefen angebunden hinter dem Wagen her. Man hoffte, mit Hilfe dieser List möglichst nah an die Frontlinie zu kommen. Die Rechnung schien aufzugehen, denn die russische Kosakenpatrouille hinter der Stadt erkannte den Leichenbestatter schon von weitem mit seinem Wagen und laut vor Angst fluchend, ließ sie ihn ohne Kontrolle passieren.

Etwa eine halbe Stunde später standen sie am Waldrand und spähten in Richtung Westen. Vor ihnen lag ein offenes Feld, das in der Mitte von einem kleinen Bach geteilt wurde. Der Pole erklärte; »Der Bach ist die Frontlinie und an seinem Westufer haben die Deutschen ihre Stellungen. Die Russen liegen aber im Feld vergraben. Ihr müsst den Überraschungseffekt in dieser frühen Stunde ausnutzen.« Er machte noch ein Kreuzzeichen und fuhr in den Wald zurück.

Von den Pferden aus sichteten sie eine kleine Brücke, die von drei Weiden umgeben war. Marquardt, der Älteste in der Gruppe, schlug vor, dass sie vom Waldrand bis zur Feldmitte, wo die Russen eingegraben saßen, langsam als Gruppe zusammenreiten, so als ob sie zu den Soldaten wollten. Dann, kurz vor dem Verteidigungsgraben würden sie plötzlich die Pferde zum Galopp antreiben und nach dem Sprung über die Köpfe der verschlafenen Russen in Richtung Bachbrücke jagen. Für Abschiedsworte fehlte die Zeit. Alles war eindeutig und klar. Marquardt spürte, wie seine Hände, trotz der draußen herrschenden Kälte, warm wurden. Er zeigte wortlos die Richtung und ließ als erster sein Pferd aus dem Schutz des Waldes auf das weiße Feld treten. Töpfner und David schlossen sich ihm an. Nach kurzem Ritt, noch gute zweihundert Meter von dem Graben entfernt, wurden sie von einem auf Wache stehenden Russen entdeckt und laut angerufen.

David, der Russisch konnte, überholte seine beiden Kameraden und rief auf russisch zurück, dass sie »Landsleute seien und zu dem Graben wollen!« Während der Russe nach der Parole fragte, trieben sie ihre Pferde an. Etwa zwanzig Meter von dem Russen entfernt wechselten sie in Galopp über. Der Russe schrie, er »werde schießen, wenn sie nicht sofort stehen blieben« und gab einen Warnschuss ab. Während sie im vollen Galopp über den Graben sprangen und sofort sternförmig auseinander ritten, entflammte hinter ihnen ein richtiges Inferno. Sie ritten um ihr Leben.

Marquardt sah nur noch die drei Weiden, eine auf der russischen, zwei weitere schon auf der deutschen Seite stehend, dazwischen eine kleine verschneite Brücke. Nur schnell weg von den wild um sich schießenden Russen! Er übersprang den kleinen Bach und sichtete hinter der Brücke, gut getarnt, eine deutsche Maschinengewehrstellung. Geistesgegenwärtig schrie er aus vollem Hals: »Nicht schießen Kameraden, wir sind Deutsche!« Er wiederholte das so lange, bis sein Pferd von den deutschen Soldaten gestoppt und zu Boden gezwungen wurde. Er sah noch, wie zwei weitere Pferde über den Bach sprangen und in seine Richtung folgten. Nach einigen Sekunden sprang von dem sich noch im vollen Galopp befindenden Gaul der kleine David ab und suchte in der selben Senke, wo Marquardt zwischen den deutschen Soldaten lag, Rettung. Nur das Pferd mit Töpfner galoppierte mit voller Kraft in Richtung Westen. Trotz der drohenden Gefahr, von den wütenden Russen getroffen zu werden, streckten sich mehrere deutsche Hälse in die Richtung, bis das Pferd endlich zum Stehen kam. Es war unverständlich, dass er nicht absitzen wollte. Er saß, als ob er auf dem Exerzierplatz wäre, Zügel fest in der Hand, hervorragende Haltung. Marquardt spürte plötzlich, wie ihm die Haare unter der polnischen Wintermütze berghoch kamen und gleichzeitig hörte er besorgte Stimmen: »Den hat's erwischt!«

Er rannte mit David zu dem Reiter, starrte ihn an und sah prüfend in die großen blauen Augen des Ostpreußen. Sie waren offen, fast normal. Nur der Mund zuckte noch einige Male aber auch das hörte bald auf. Eine Granatenexplosion ganz in der Nähe fegte den Reiter vom Pferd auf den schneebedeckten Boden runter. Erst jetzt fiel dem erschreckten Marquardt das kleine blutumrandete Loch im Hinterkopf des Liegenden auf. David, der schon öfters solche Szenen erleben musste, sagte sichtlich bewegt, dass »der einzige Steckschuss und seine Folgen ihn an die gestrigen Worte des polnischen Friedhofsaufsehers zu denken zwingen.«

Der Sanitäter, der rasch zur Stelle war, konnte nur noch den Tod feststellen. Ein Offizier erschien und bat die zwei Überlebenden, ihm in das Quartier zu folgen. Marquardt merkte plötzlich, dass es ihm kalt wurde und hatte nur einen einzigen großen Wunsch: endlich ausschlafen. Er hörte hinter sich David halb laut mit sich selbst reden. Der Junge muss doch wohl krank von dem Ganzen sein, dachte er.

Nach einigen Metern wurden sie in einen Erdbunker geführt. Die entgegenströmende Wärme, die vielen Gesichter und lauten Stimmen um ihn herum lösten Schwindelgefühle in Marquardt aus. Er hörte noch wie durch Nebel die Worte: »Ihr seid gerettet, herzlich willkommen. Wer seid ihr?«, dann fiel er ohnmächtig zum Boden. Während er sorgsam aufs Bett gelegt wurde, stellte sich heraus, dass er am Oberarm einen glatten Durchschuss hatte.

Der Kommandant des Feldartillerie-Regiments Nr. 13, Major von Halbenwang sah sich gezwungen, den kleinen David zum Geschehen zu befragen. Die Erzählung des »Kolonnenjulius« musste großen Eindruck auf ihn gemacht haben, denn er verlangte sofort danach eine Verbindung mit dem Regimentsstab. Man befahl ihm, die beiden Männer in das Gut Cmieschew, den Regimentsstabsitz, zu bringen. Auf diese Weise landete der Schwabe Marquardt mitten in einer Einheit, die ausschließlich aus Landsleuten bestand.

6.

»Schüttle dich, Herr Flockenwind, mit Geheul und Johlen! Fahr' ins Neckartal geschwind, siehst du dort ein weinend Kind, pfeif ein Lied aus Polen!«

Bei diesen Worten eines Gedichtes, das gerade ein Frontsoldat seinen Kameraden vorlas, wachte Marquardt aus der Ohnmacht auf. Sofort fiel ihm ein Oberarmverband auf. Er griff nach ihm und verspürte Schmerzen. Das entging nicht den übrigen in dem mit einer Petroleumlampe erleuchteten Raum Versammelten. Sie kamen auf den Verletzten zu und bildeten ein Kreis um seine Pritsche.

»Nicht wahr, ich werde gleich, wenn ich wieder hergestellt bin, vom Regiment angefordert!« — sagte der Verletzte.

»Du solltescht net so an Letta doherschwätza, guckscht erst amol, dass'd wieder gsond wirscht!« — kam ihm aus der Runde entgegen. Marquardt richtete sich auf: »Ja Zwiebel, Arsch und Zwirn, seid ihr alle Schwaben?!«

Der in diesem Augenblick den Raum betretende Major Richard von Haldenwang lachte ihm entgegen: »Jawohl, Wachtmeister Marquardt, Sie sind ein Glückspilz. Sie kamen durch die Frontlinie durch. Sie sind zum Wachtmeister befördert worden, während Sie ohnmächtig waren. Und was vielleicht das Wichtigste für Sie ist und ich Ihnen schon heute sagen darf, Sie werden in ein paar Tagen mit einem Sanitätszug Richtung Schwabenland abdampfen. Bis dahin werden wir miteinander noch einiges über Ihre Kenntnisse der Warschauer Umgebung zu plaudern haben. Jetzt aber wollen wir mit unseren Kameraden Weihnachten feiern. Es sind zwar schon einige Tage nach Weihnachten aber erst jetzt haben wir hier etwas Ruhe und aus der Heimat sind reichlich Geschenke eingetroffen.«

Sein breiter und ziemlich langer Schnurrbart, seine gepflegten, durch einen deutlichen Scheitel auf der linken Kopfseite geteilten Haare machten einen guten Eindruck. Das Geschlecht von Haldenwang stellte in diesem Kriege insgesamt drei Oberste als Regimentskommandeure im Dienste Württembergs, die alle den Krieg nicht überlebten.

Mit der 6. Batterie, die sich in einer Scheune um einen brennenden Lichterbaum versammelt hatte, feierten Major Richard von Haldenwang und Wachtmeister Eugen Marquardt das Weihnachtsfest. In der Mitte der Scheune stand der »Batterievater« Hauptmann Lobenhoffer und der Divisionspfarrer. Nach der kurzen Ansprache dankte der Batteriechef dem Pfarrer und der Mannschaft und dann klangen die alten, deutschen Weihnachtslieder in Marquardts Ohren, hier, fern der Heimat und inmitten guter Kameraden. Die Feldküche schenkte Grog aus und die bergweise aufgetürmten Gaben aus der Heimat wurden ohne Rangunterschiede an Offiziere und Soldaten verteilt.

Alle hofften, beim nächsten Weihnachtsfest wieder zu Hause zu sein, und niemand rechnete mit der Möglichkeit, dass es für ihn das letzte Weihnachtsfest sein könnte. So wurde auch mancher Flasche Wein in Freundes- und Kameradenkreisen der Hals gebrochen, um wehmütige Stimmung zu verscheuchen. Mancher der Männer wischte heimlich verstohlen eine Träne der Rührung ab. In West und Ost schwiegen an diesem Abend die Kanonen. Um so lauter ertönten sie dafür am Neujahrstage. Das Kriegsjahr 1915 wurde im wahren Sinne des Wortes »eingeschossen«.

Am nächsten Tag wurde Marquardt im Dorf Wszeliwy bei deutschen Kolonisten einquartiert. Im Hauseingang wurde er von einem Panje in Originaltracht begrüßt. In trauter schwäbischer Mundart stellte sich der als Jakob Blümle vor. Marquardt wurde hier gut verpflegt und sogar etwas verwöhnt. Kurz vor der Abreise nach Deutschland wurde er noch von dem Oberkommandierenden der 27. Feldartillerie-Brigade, General von Schippert, empfangen. Dann kam der Abschied, zuerst von dem resoluten David Komorowski, der es eilig hatte, zu seiner Automobiltruppe zu kommen und danach von Töpfner und einigen Kameraden der 5. Batterie, die auf dem Friedhof Rybno beerdigt lagen. Schließlich kam der Tag, auf welchen mancher Soldat vergeblich wartet. Marquardt saß am Fenster eines Sanitätszuges, der in Richtung Heimat fuhr. Er dachte dabei an den Spruch, der in der Stube seiner Tante auf dem Schillerhof in Gerlingen hing: »Erst wenn du in der Fremde bist, weißt du wie schön die Heimat ist.«

Sochatschew, Posen, Frankfurt an der Oder, Leipzig, Dresden, diese Namen tauchten auf den Bahnhofsschildern auf, jedoch ohne dass er Herzklopfen verspürte. Erst, als der Zug die bayerisch-württembergische Grenze passierte und in der ersten schwäbischen Garnisonstadt Ellwangen halt machte, lebte Marquardt auf. Man sprach hier ein anderes Schwäbisch als bei ihm zuhause. Er beobachtete mit Interesse, wie eine junge Bäuerin den verletzten Soldaten die »Knackwurscht und Äbierasalot«, wie das hier gesprochen wurde, brachte. In Ellwangen stiegen auch die ersten Verletzten aus. Das auf einem Berg gelegene schöne Schloss und die zwei Türme der Wallfahrtskirche Schönenberg waren noch lange zu sehen.
Der Zug hielt jetzt öfters an, um die Kranken und Verwundeten aussteigen zu lassen. Überall dieselben Szenen, die wartenden Menschenmengen, die Hurra-Rufe, Frauenschluchzen und Kindergekreische. So vergingen auch die nächsten Stunden und dann endlich dampfte die mit Fähnchen geschmück-

te Lokomotive in den Schwäbisch Gmünder Hauptbahnhof ein. Fast die Hälfte der Soldaten verließ hier den Lazarettzug. Die anderen erhielten auf dem Bahnsteig eine Mahlzeit, Gaisburger Marsch. Nach dem Essen hieß es für Marquardt und seine Kameraden wieder einsteigen und Abschied von der Stadt zu nehmen. Der alte Turm des Heiligkreuzmünsters grüßte in der Mittagssonne herüber. Durch das von Weinbergen gesäumte Remstal ging es nach Stuttgart.

Die sonst so vornehm ruhige Garnisonstadt Stuttgart sah sehr verändert aus. Auf dem von Menschenmassen dicht bevölkerten Bahnsteig fiel Marquardt sofort ein Transparent auf mit dem alten württembergischen Wahlspruch »Furchtlos und treu«, aber auch noch die alten Mobilmachungsanschläge vom 2. August 1914, mit Sätzen wie: »Der König rief und alle, alle kamen«, waren zu sehen. Schließlich bemerkte er Bahnschutzwachen und geistliche Herren. Es waren der evangelische Prälat von Blum und der katholische Kirchenrat Mangold. Zuerst wurden die Schwerkranken und Verletzten abtransportiert und erst danach begann im Bahnhofsgebäude die Registrierung und Aufteilung der leichter Verletzten.
Marquardt wurde von einem streng aussehenden Militärarzt nach seiner Verletzung gefragt, musste seine Papiere vorzeigen und wurde nach einigen Minuten in die Obhut einer älteren Krankenschwester übergeben. Sie stellte sich als Schwester Berta vor und brachte ihn mit drei weiteren Verletzten zu einem vor dem Bahnhof stehenden Fuhrwerk. Sie setzte sich neben den Fuhrmann, die Verletzten kletterten unter die Plandecke und man fuhr los. In der Abenddämmerung erreichten sie das Dorf Schwieberdingen, in dem der Fuhrmann wohnte. Hier machten sie kurz halt und bekamen ein Abendbrot. Dann ging die Reise weiter, vorbei an der alten evangelischen Wehrkirche und an der Glemsmühle. Die Pferde hatten ziem-

liche Schwierigkeiten die Anhöhen hinter dem Dorf zu passieren aber dann ging es schneller, die Straße war trotz der winterlichen Verhältnisse gut befahrbar. Am späten Abend fuhren sie in die Ortschaft Hemmingen ein, die Marquardt von früher nicht ganz fremd war. Der Wagen fuhr in die Parkanlage des Schlosses des Freiherrn von Hemmingen ein und hielt vor dem Eingang an. Trotz der späten Stunde wurden sie erwartet, denn aus dem mit einem kleinen Balkon überdachten Portal traten mehrere Menschen mit Lampen in der Hand auf sie zu. In einer der Gestalten erkannte Marquardt den ihm aus der Ludwigsburger Militärzeit in Erinnerung gebliebenen Oberstleutnant Max Freiherr von Varnbühler von und zu Hemmingen-Guttenberg-Fürfeld. Dieser kam auf sie zu und begrüßte alle mit den Worten: »Seid herzlich gegrüßt im Hemminger Schloss. Es wird euch für längere Zeit als Genesungsheim dienen. Die Zimmer werden sofort zugeteilt. Ihr habt einen langen Weg hinter euch und seid sicherlich müde. Morgen, wenn ihr ausgeschlafen habt, werden wir uns wiedersehen.« Zu Marquardt gewandt, fragte er: »Sie scheinen mich zu kennen, Herr Wachtmeister?« Marquardt stellte sich vor.

»Ich glaube, ich kann mich an Sie erinnern. Sie sind aber damals noch kein Wachtmeister gewesen, nicht war?« Marquardt bestätigte dies, worauf ihm Herr zu Hemmingen vorschlug, dass man sich morgen nach dem Frühstück treffe, weil der Freiherr das Neuste von der Ostfront wissen wollte.

Die Stille in Haus und Park, die frische Winterluft während der langen Reise auf dem Fuhrwerk und ein sauberes, frisch bezogenes Bett sorgten bei den neu Angekommenen für schnelles Einschlafen.

Auch Marquardt fühlte sich am nächsten Morgen trotz der Strapazen der vergangenen Tage sehr wohl. Der Arm schmerzte nicht mehr so oft, die ruhige Umgebung wirkte sich positiv auf seine Psyche aus. Die Nähe seines Heimatdorfes Perouse versetzte ihn in gute Laune. Seine Uniform lag sauber zusammengelegt auf dem neben dem Bett stehenden Hocker. Nach einigen Minuten, die er für das Anziehen und Morgentoilette benötigte, ging er zum Ausgang hinaus. Er bog nach rechts ab und nach einigen Metern betrat er die alte Schlosskirche, die dem frühchristlichen Diakon Laurentius geweiht war, der der Legende nach in Rom das Martyrium durch Verbrennen auf einem eisernen Rost erlitt. Nach kurzem Gebet verließ Marquardt die alte Kirche und ging zum Schloss zurück. Hier, am Westeingang fiel ihm auf, dass die Schulkinder im vorbeigehen riefen: »Uhu, wie heißt du?« Neugierig, guckte er unter die alte Steintreppe und entdeckte dort einen Uhu. Wie er später erfuhr, handelte sich um eine sibirische Eule, die Axel von Varnbühler von seinen diplomatischen Reisen nach Russland mitgebracht hatte. Am Portal drückte er sich an einem aufrecht stehenden Bären vorbei. Auch dieser ausgestopfte Riese stammte aus Nordrussland.

Im Salon, am Frühstückstisch, hatten Baron Axel mit Frau und Kindern, sowie auch eine kleine Gruppe ausgewählter Offiziere Platz genommen. Marquardt bemerkte, dass er als einziger der Eingeladenen kein Offizier war. Der Baron stellte ihn den Anwesenden als einen Helden der Ostfront vor, worauf ein »Bravo, Wachtmeister Marquardt!« in der Runde erschallte. Beim Frühstück unterhielt man sich angeregt über das Malen, eine Kunst, die in diesem Hause sehr gepflegt wurde, und über die lebensgroßen Porträts der Familienmitglieder, die der Hausherr selbst gemalt hatte. Es war ein ausgezeichnetes Gesprächsthema für die Tischrunde. Später durfte Marquardt von den Ereignissen in Polen erzählen. Wie es den meisten Schwaben im Charakter liegt, fasste er sich ziemlich kurz. Sein Bericht wurde mit Aufmerksamkeit verfolgt. Gut meinend, fragte einer der Offiziere ihn nach Frau und Kindern und ob er sie jetzt nicht gerne besuchen möchte.

Er erwiderte: »Das Glück, eigene Kinder zu haben, wurde mir leider nicht beschert. Ich habe eine Witwe mit einem Sohn geheiratet. Sie ist eine gute Frau und der Junge scheint ein gutes Herz und auch einen klugen Kopf zu haben. Nach meiner Einberufung zog sie mit ihm zu ihrer alten Mutter nach Konstanz. Die alte Dame benötigt Pflege. Meine Frau ist dort geboren und aufgewachsen und ging dort auch ihre erste Ehe ein. Ihr früherer Mann, ein Schweizer aus Seon, überließ ihr nach seinem Tode eine gut gehende Mühle und einige Schulden. Nach dem Verkauf der Mühle und der Begleichung der Schulden blieb überraschenderweise noch eine runde Summe, die wir dem Sohn für ein Studium am Technikum Konstanz zur Verfügung gestellt haben. Der Junge ist mir inzwischen sehr ans Herz gewachsen. Mit dem Studium hat er im letzten Herbst begonnen.«

Der Hausherr stand auf. »Lieber Wachtmeister Marquardt, wir werden schon dafür sorgen, dass sie ihrer Familie bald einen Besuch abstatten können. Für den weiteren Aufenthalt in unserem Genesungsheim wünsche ich Ihnen noch alles Gute!«

»Auf Wiedersehen meine Herren!«, er wandte sich den Anwesenden zu.

Es vergingen einige Tage, der Februar 1915 ging zu Ende, da erhielt Marquardt einen Urlaubspassierschein mit Konstanz als Zielort. Eine ganze Woche stand ihm zur Verfügung. Er war selbst sehr erstaunt aber er spürte nicht die Spur einer Hochstimmung. Natürlich freute er sich über die Möglichkeit seine Familie zu sehen aber nicht mehr. Nachdenklich schaute er auf die großen Schlossparkbäume, deren Äste sich unter ihrer weißen Last herabsenkten. »Wenn man in der warmen Stube gut versorgt hockt, dann erscheint alles viel schöner als es in Wirklichkeit ist« — grübelte er. Nach einiger Zeit wusste

er, was in ihm vorging. Die Nähe seiner verflossenen Jugendliebe lenkte ihn ab. Jahrelang hatte er sie verdrängt und
schließlich vergessen. Jetzt hat es ihn wieder gepackt, wie eine
Krankheit. »Die alte Jungfer aus Markgröningen? Ach, Blöd-
sinn!« — schimpfte er laut vor sich, so laut, dass sein Zimmer-
kamerad ihn fragend ansah. Um nicht mehr daran denken zu
müssen, konzentrierte er sich auf das Packen. Ein Geschenk
für die Ehefrau hatte er noch aus Polen mitgebracht.
Der »Kolonnenjulius« David Komorowski schenkte ihm beim
Abschied eine große warm funkelnde Bernsteinkette. Wenn
man sie durch Reiben am Mantelärmel elektrisierte, zog sie
kleine Papierschnipsel an. »Das wird ihr ganz sicher gefallen«,
dachte er. Für den Stiefsohn besorgte er durch das Fuhrperso-
nal ein Buch aus Stuttgart. Es hieß »Kosmos Handweiser für
Naturfreunde und Sammelwesen« und war eine Sammlung
der neusten wissenschaftlichen Berichte. Dies schien ihm ein
gutes Geschenk für einen angehenden Ingenieur zu sein.

Während die Räder des Eisenbahnwaggons einen schnellen
Rhythmus anschlugen, kamen Marquardts Gedanken an die
Vorkriegsjahre wie ein buntes Mosaik in sein Gedächtnis zurück. Er hatte den Eindruck, dass diese Erinnerungen mit
dem Älterwerden immer häufiger kamen. Die gespenstische
Nacht auf dem polnischen Friedhof machte er in Gedanken
hunderte Male durch. Auch den Ritt in die Freiheit erlebte er
wieder und wieder und die toten Augen Töpfners gingen ihm
nicht mehr aus dem Sinn.
Dann wieder der Exerzierplatz in Ludwigsburg mit den pom-
pösen Aufmärschen und dem freundlich winkenden Publikum
auf den Gehwegen. Die Mobilmachung und der Marsch zum
Ludwigsburger Bahnhof. Die lange Fahrt über Preußen und
Pommern in Richtung Polen im von patriotisch gesinnten
Soldaten überfüllten Zug. Später dann die Heimfahrt, diesmal

waren verstümmelte Frontsoldaten seine Begleiter. Dann wiederum die paar Jahre vor der Militärzeit, die er als Mechaniker bei Bosch in Feuerbach verbrachte.

Er ging zum Bosch 1910, angezogen von der dort praktizierten achtstündigen Arbeitszeit, die man schon 1906 eingeführt hatte. Das Wirken des »roten« Bosch, des Sozialisten und Philanthropen schwäbischer Herkunft, zog ihn und nicht nur ihn an. Marquardt verließ die Firma nach den Streiktagen 1913. Acht Wochen Streik wegen der Entlassung von zwei Werkzeugmachern führten damals zur Spaltung in der Belegschaft und sogar in der Bosch-Familie, die teils mit den Streikenden sympathisierte. Die Arbeiterbewegung in Stuttgart prägte damals zwei sich bekämpfende Strömungen. Marquardt gehörte zu den Gemäßigten, die verloren haben. Enttäuscht wechselte er zum Militär.

So wie die Gedanken durch den Kopf, so glitten am Zugfenster Städte und Dörfer vorbei. Der Zug fuhr durch Donaueschingen, dem Ort, der im Leben seiner Familie noch eine sehr traurige Rolle spielen sollte. Man hörte den Dialekt der Fahrgäste und spürte die Grenznähe zur Schweiz. Jetzt hielt der Zug häufig auch an kleinen verträumten Bahnhöfen an. Marquardt las die Namen der stillen Oasen: Markelfingen, Allensbach und Hegne. Rechts, in südöstliche Richtung blickend sah man schon hinter dem Schilf am Seeufer den Turm des Konstanzer Münsters.

Konstanz, die einstige Bischofsstadt, schaut auf eine zweitausendjährige Vergangenheit zurück und ist von südländischer Heiterkeit gekennzeichnet. Diese Stadt lag jetzt vor ihm. Über die Rheinbrücke und am Dominikanerkloster, dem Geburtsort des Grafen von Zeppelin, vorbei, fuhr der Zug in den Hauptbahnhof ein. Das Gepäck herunternehmend sah Marquardt den Bodensee in seiner Weite, links flankiert durch das

Konzil Gebäude und rechts durch die Anhöhen auf der schweizerischen Seite. Er wurde erwartet. Auf dem Bahnsteig kamen seine Frau und sein Stiefsohn winkend auf ihn zu. Die Wiedersehensfreude war groß. Am Militärkontrollposten vorbei, wo er seinen Urlaubsschein vorzeigen musste, verließen sie den Bahnhof. Während der Fahrt mit der Droschke hielt ihn seine Frau fest an der Hand und schwieg voll Glück. Sie wohnte in der Schreibergasse, ganz in der Nähe der Niederburggasse. Der Stiefsohn erzählte dafür ununterbrochen über das Studium, die Studenten und über die studentischen Corporationen in der Stadt. Im Eingang des Hauses wurden sie von der kranken Mutter begrüßt, die es sich nicht hatte nehmen lassen, aus diesem Anlass das verhasste Bett zu verlassen. Während die Frauen sich um das Feuer in der Küche und um die Essenzubereitung bemühten, wurden die Männer, damit sie in der kleinen Wohnung nicht im Wege stehen, zum »Alten Fritz« geschickt, ein paar Fläschchen Wein zu kaufen. Frau Marquardt hatte über ihre Beziehungen, die auch in diesen schweren Kriegszeiten bis in die Schweiz reichten, aus dem in der Nähe von Konstanz liegenden schweizerischen Ermatingen geräucherten Gangfisch, einen Artverwandten des Blaufelchen und der Forelle, besorgt. Sie nutzte dabei die studentischen Kontakte ihres Sohnes, der dem Vater nach ein Schweizer war, aus. Er genoss somit freien Zugang in die Schweiz und verkehrte öfters im Gasthof »Zum Löwen« im benachbarten Kreuzlingen.

Das gute Essen ließ gute Laune und behagliche Atmosphäre entstehen. Während der ganzen Zeit schwieg Frau Marquardt zwar, doch sie streichelte dafür häufig die Hand ihres Mannes und schaute ihm tief in die Augen. »Was eine Trennung doch ausmacht?!« — wunderte sich er und spürte gleichzeitig, wie es ihm um das Herz wärmer wurde. Nach dem Essen gingen sie alle zusammen zum »Alten Fritz«, um den vom Marquardt so geliebten Ruländer »zur Brust zu nehmen«, wie er das Weintrinken so nannte. Trotz Krankheit und winterlicher Zeit bestand die altersgeschwächte Schwiegermutter darauf, mitzugehen. Sie meinte, dass es sich hier ganz bestimmt um das letzte Viertele in ihrem bewegten Leben handeln würde, worauf der Schwiegersohn etwas ironisch meinte, dass sie das bei jedem seiner Besuche sagte. Es bestand eine harmonische Beziehung zwischen Schwiegermutter und Schwiegersohn.

Normalweise herrscht zu dieser winterlichen Zeit am Bodensee Königin Fastnacht. Entlang des Rheines, begleitet von dem alemannischen Ruf »Honarro« wandert der Fasching durch die Dörfer und Städtchen zwischen Konstanz und Basel. Erst hier mit dem berühmten Baseler Morgenstreich und Mehlsuppe geht alles zu Ende. Das bunte Narrentreiben macht jedes Jahr starken Eindruck auf die Fremden, die sich zu dieser unwirklichen Zeit hierher verirren. Die Kriegsjahre unterbrachen diese schönen Bräuche. Erst in den Weinkellern und Weinstuben fand man die alte ausgelassene Vorkriegsstimmung wieder. Die Menschen wussten, was sie verloren hatten und kosteten die bestehenden Möglichkeiten, den Ernst der Zeit zu vergessen, aus. So war es auch hier, in der Niederburggasse. Gutgelaunt kehrten alle vier heim. Die alte Mutter zog sich zufrieden in das Bett zurück, der Stiefsohn, der eine Verabredung in der Schweiz hatte, wünschte Marquardt alles Gute und kündigte sich erst für morgen an. Er wollte bei seinem schweizerischen Freund Baron in Botighofen übernachten. Marquardt und seine Frau blieben alleine in der ausgekühlten Wohnstube. Sie schaute ihn liebevoll an. Eine unausgesprochene Frage lag in ihrem Blick, oder vielleicht ein tief im Herzen versteckter Wunsch? Das wusste er nicht zu deuten. Er packte sein Geschenk aus und sah wie die Augen der Frau zu strahlen begannen. Sie öffnete ihre winterlich hoch zugeknöpfte, handbestickte Weste und legte die warm funkelnden Bernsteine an. Sie waren wirklich schön, besonders hier im Licht der Kerze. Sie wunderte sich sehr, dass diese Steine aus dem fernen Polen so leicht waren. Sie spürte sie kaum und er konnte sehen, wie sie mehrmals mit der Hand nach der Kette suchte. Aus der kleinen Nebenstube ertönte das laute Schnarchen der alten Mutter. Draußen zog die Nacht auf, Mond und Sterne spiegelten sich in dem von der Kälte erstarrten See und Fluss vor den Toren der Stadt. Geräuschvoll wurden die Fensterläden geschlossen, die Stadt schickte sich an, schlafen zu gehen.

Auch bei Marquardts wurde geschlossen. Licht in die Schlafkammer gebracht und nachdem das mit einer bestickten Tagesdecke bedeckte Bett aufgeschlagen, die Kopfkissen geschüttelt und der Nachttopf unter das Bett geschoben worden war, schlüpfte Frau Marquardt in ihr Nachthemd. Ihre Haare krönte eine schmucke Nachthaube. Den leicht wahrnehmbaren Busen unter dem Nachthemd schmückten die Bernsteine. Sie half ihrem Mann aus den Schuhen, zog ihm vorsichtig die Jacke aus. Beim Aufknöpfen des Hemdes streichelte sie seine behaarte Brust und den Verband auf dem verletzten Arm.

Er merkte, wie sie nach ihm verlangte. Während sie ihm noch das Nachthemd über den Kopf streifte, meinte er in ihren Augen ein Funkenspiel zu bemerken, sicher war er sich dessen jedoch nicht. Vorsichtig legte er sich auf das Bett und sie half ihm beim Ausziehen der Hose. Er wollte noch protestieren aber sie wehrte mit einer Handbewegung ab. Danach löschte sie die Kerze aus und kroch zitternd vor Kälte und Aufregung unter die warme Decke. Bald lag ihr Kopf auf seiner Brust, während ihre Hand seine gesunde Hand suchte. Sie hielt sie fest und zog zu sich herüber. Er streichelte sie zärtlich und spürte, wie das Blut in ihm pulsierte. Das war er von seiner Frau nicht gewöhnt; er war es, der um sie stets werben musste. Sie drückte sich an ihn, hungrig und verliebt. Schnell fanden sie sich und die durch die lange Trennung zurückgedrängte Leidenschaft lies ihnen diese Nacht zu kurz werden.

Am nächsten Tag gingen Marquardt und sein Stiefsohn Rudi in den Gasthof »Obere Sonne«, in der Nähe vom Rathaus, wo sich die Konstante, das Versammlungslokal der Technisch-Wissenschaftlichen Verbindung Westphalia zu Konstanz, die heute seinen Stiefsohn und ihn eingeladen hatte, befand.

Ein Laufbursche nahm am Eingang den Eintreffenden die Mäntel ab und sie betraten die warme Stube. Sie wurden schnell erkannt, denn einer der Studenten kam im vollen Couleur auf sie zu. Er trug eine flache runde Mütze mit dem Westphalia-Zirkel auf der Mützenoberfläche, die rundum die Verbindungsfarben schwarz-weiß-grün zeigte. Im lebhaften Gesicht unter der Mütze strahlten die Augen eines Menschen, der gerne Spaß macht. Ein Schmiss auf der linken Wange bezeugte die Zugehörigkeit zur schlagenden Verbindung. Er stellte sich als Fuchsmajor Molli vor und meinte, es sei an der Zeit, sich zum feierlich geschmückten Tisch, der sogenannten festlichen Tafel, zu begeben. Die Füchse, die Anwärter aus dem ersten Semester, eilten auf sein Kommando mit den großen Krügen voller Ruppaner Bier zu den Gästen.

Der Kneipabend wurde vom Präsidium mit folgenden Worten eröffnet: »Omnes ad loca« und nach einem Schlag mit dem Schläger und dem Wort »Silentium« mussten alle Anwesenden, hier Corona genannt, sich zu ihren fest vorgeschriebenen Plätzen begeben. Das Präsidium sprach die offizielle Eröffnungsformel aus: »Ich eröffne hiermit die hoch offizielle Kneipe und komme der Corona ein Gewaltiges!«. Darauf riefen alle mit »Fiducit!« zu ihm zurück. Es folgte vom Präsidium die Ankündigung des ersten Liedes mit den Worten: »Es steigt das erste Allgemeine!« Nach dem Absingen des ersten Liedes teilte das Präsidium: »Eröffnungskantus ex! Ein Schmollis ihr Brüder!« Die Antwort der Corona mit »Fiducit!« folgte. Darauf, als Ende der Zeremonie wurde das »Colloquium«, und das offizielle Ende mit den Worten: »Hoch offizielle Kneipe ex, Fidelitas incipit!«, verkündet.

Jeder Verbindungsabend, auch genannt Kneipabend, besteht aus zwei Teilen: der hoch offiziellen Kneipe und Fidelität. Während die hoch offizielle Kneipe normalerweise bis zur einer Stunde dauert, ist die Fidelität, der gemütliche Teil der Kneipe, eher zeitlich unbegrenzt.

Die Reden, das Trinken mit den in Latein gehaltenen Sprüchen dauerten spät bis in die Nacht. Auf dem Heimweg fragte Rudi Marquardt, ob es ihm gefallen habe. Die Antwort war kurz aber präzise: »G'falle hot's mr scho, se derftet sich halt net so aufpluschtere...«

War das eine schwäbisch verpackte Belobigung oder eine halboffene Kritik, ganz verstand der Stiefsohn ihn nicht. Auf etwas wackeligen Beinen erreichten sie das Haus.

Nur am Essen merkte man in Konstanz, dass Kriegszeit war. Von Zeit zu Zeit ließ die schweizerische Armee einen Beobachtungsballon bei gutem Wetter aufsteigen. Die Uniformen in den Straßen deuteten die Präsenz des Militärs an. Auf besonderes Interesse stießen die Erprobungsflüge der Zeppeline, die über den Bodensee aus Friedrichshafen kommend, auch die Stadt überflogen.

Während des einwöchigen Aufenthaltes in Konstanz erfuhr Marquardt vom Rudi, dass er die Ingenieurschule abschließen und danach in Zürich weiterstudieren werde. Der Junge fühlte sich mehr als Schweizer und wollte das kriegführende Deutschland verlassen. Das tat wiederum seiner Mutter sehr weh, denn sie liebte ihren Sohn über alles. Man wusste keinen Ausweg und einige der Abende in dieser Urlaubswoche wurden diesem Thema geopfert. In der Schlafkammer weinte sie sich bei ihrem Mann aus.

»Man glaubt nicht wie schnell eine Woche vergehen kann« — kam ihm aus dem Munde während der Fahrt zum Bahnhof. Seine Frau hielt während der Fahrt seine Hand und er dachte wehmütig an die erste Urlaubsnacht zurück. Das war der schönste Urlaub in seinem Leben und das trotz der Kriegsverletzung und des Winters, stellte er befriedigt fest. Rudi schenkte ihm auf dem Bahnhof ein Buch über den neuen Skisport. Überall in Europa schossen die Alpvereine wie die Pilze aus dem Boden. Die Sportart kam aus Norwegen und fand schnell eine neue Heimat in der Schweiz, Deutschland und Österreich.

Marquardt drückte seine Frau fest an sich. Ihre feuchten Augen versuchten ihn festzuhalten. Noch ein paar Händedrücke und er stieg in den Waggon ein. Er nahm gegenüber einem älteren, gepflegt angezogenen Fahrgast Platz, der dem Aussehen nach, aus dem Schwarzwald stammte. Der Zug setzte sich in Bewegung und er eilte zum Fenster, um Frau und Stiefsohn noch einmal zuwinken zu können. Er schaffte es aber nicht mit der gesunden Hand, das Fenster zu öffnen. Der Nachbar eilte ihm zur Hilfe. Noch einige Sekunden konnte er seiner Frau zuwinken und schon donnerte der Zug über die Rheinbrücke an der riesigen Kaserne vorbei in Richtung Wolmatingen. Der alte Herr half ihm das Fenster wieder zu schließen. Sie kamen schnell ins Gespräch.

Er stellte sich als Dr. Bohnen vor und begann, in Anspielung auf das Buch über Skilaufen, über die Skianfänge im Schwarzwald zu erzählen. Vertieft im Gespräch, bemerkten sie kaum, dass der Zug schon Radolfzell passierte und in Richtung Hohentwiel weiter dampfte. Hier musste der Arzt aussteigen und Marquardt machte es sich in der Ecke bequem. Die Monotonie der Rädergeräusche ließ ihn einnicken. Zwischendurch wachte er auf, guckte aus dem Fenster auf das verschneite Land, aß sein Vesper auf und nickte wieder ein. In Herrenberg weckte ihn eine Feldgendarmerie Patrouille, die seine Papiere sehen wollte. In Stuttgart eingetroffen, begab er sich zur Schwester Berta, die die Krankentransporte zu betreuen hatte. Sie erkannte ihn und zeigte Freude über die Genesungsfortschritte an seinem Arm. Es ging heute kein Transport nach Hemmingen aber der Fuhrmann aus Schwieberdingen war gerade dabei, Feierabend zu machen und nach Hause zu fahren. Im Dorf setzte er den Wachtmeister vor dem uralten Gasthof »Ochsen« ab und fuhr weiter. Marquardt ging hinein und setzte sich an den Tisch. Er bestellte ein Bier und schaute sich um. Außer ihm saßen hier noch zwei Männer an dem langen Wirtshaustisch. Der eine, der Kleidung nach ein Bauer, der andere ein Unteroffizier der Divisionskavallerie. Auf der Theke stand ein kleines, ungefähr fünf Liter fassendes Bierfass, das hier zu Reklamezwecken aufgestellt war und das Wappen der Schwieberdinger Lamm-Brauerei trug. Etwas belustigt beguckte Marquardt das Wappen. Unten, in großem Bogen stand: »Seit 1812 Lamm-Brauerei« und oben ritt ein junger Mann mit der Kappe in der Hand auf einem schwarzen Lammbock. Der Wirt stellte ihm eine Halbe auf den Tisch und sagte: »Prost, Herr Wachtmeister!« Die Tischkameraden wiederholten es. Ein Schluck Bier nach so einer langen Reise, das wusste Marquardt zu schätzen. Der Wirt brachte ihm, ohne zu fragen, ein Schmalzbrot.

»Komm Bruder, erzähle uns von deiner Fernpatrouille in Flandern bei Ypern im letzten Jahr!« — sprach der Bauer den Ulanen an. »Da gibt's nicht viel zu erzählen...« — wollte sich der Angesprochene ausreden. Darauf kam der Wirt, der die eigenen Interessen zu vertreten wusste, dem Bauer zur Hilfe: »Komm Schwerdtle, erzähle unserem Gast, was dort geschehen ist. Vielleicht wird er sich auch mit einer Frontgeschichte revanchieren können? — so könnte der Abend noch interessant werden.« Der Ulane war einverstanden und begann zu erzählen. Der Wirt beeilte sich, neues Bier einzuschenken. Marquardt hörte interessiert der Geschichte zu, und als der Mann seine Erzählung beendet hatte, sah er sich genötigt, von seinem Ritt nach Osten und über die Frontlinie zurück zu erzählen. Die große Reise, die vielen neuen Eindrücke, das Bier, das alles führte dazu, dass er im Gasthof »Ochsen« übernachtete. Der vom Westen über die stille Glems wehende Wind rüttelte an das kleine Fenster der Gaststube. Er schlief wie ein Bär. Am nächsten Tag kam er mit der ersten Fahrgelegenheit nach Hemmingen. Dort wartete auf ihn eine Überraschung. Eine ärztliche Kontrolluntersuchung ergab seine Tauglichkeit für Schreibstubendienste in der Festung Hohenasperg. Er hatte sich dort am 1. April 1915 zu melden.

Der Winter ging zu Ende und die Wildenten mit ihrem Nachwuchs bevölkerten die von der Frühlingsschneeschmelze über die Ufer getretene Glems. Alles erwachte zu neuem Leben, die Natur und die Menschen. Die vom Krieg geplagten Menschen hofften, der Sommer werde das Kriegsende, den Frieden und einen Sieg für Deutschland bringen. Es grünte schon fast überall, als sich Marquardt an der Festungspforte meldete. In dieser Festung, die im neunzehnten Jahrhundert für viele deutsche Demokraten auf längere Zeit als unfreiwilliges Zuhause diente, befanden sich jetzt französische Kriegsgefangene. Seine Arbeit war nicht schwer und bestand aus der Erstellung von Proviantlisten. Von Zeit zu Zeit bot sich eine Möglichkeit, nach Ludwigsburg zu kommen. Dort in der Bismarckstraße im Ulanen-Kasino führten die in Asperg gefangen gehaltenen Franzosen leichte Gartenarbeiten aus. Mit jeder Arbeitsgruppe schickte man Wachtmeister Marquardt und einen Wachsoldaten, der ein Gewehr mitführte, nach

Ludwigsburg. Hier, in dieser noblen Umgebung traf er den Ulanen wieder, mit dem er im Winter in Schwieberdingen im Gasthof zusammen saß. Dieser erzählte ihm, dass er leicht am Fuß verletzt worden war und seit dieser Zeit eine gute Stelle bei einem Offizier in Ludwigsburg hatte. Das ärgerte, wie er sagte, seinen Bruder, der im Dorf auf dem Hof bleiben- und schwer schaffen musste.

Gegen Ende Mai wurde Wachtmeister Marquardt dem Württembergischen Landsturm-Infanterieregiment 13 zugeteilt. Die Wunde war so gut wie geheilt. Als Kavallerist sollte er die Infanterie in die Warschauer Gegend begleiten. Am Ludwigsburger Bahnhof herrschte große Betriebsamkeit. Es gingen Transporte mit Mannschaften und Material in Richtung Osten und Westen ab. Vor dem Bahnhof stand dichtgedrängt die Menge und begleitete die Soldaten zur Abfahrt.

Auf den Waggons, die in westliche Richtung fuhren, standen mehrere, mit Kreide gekitzelte Parolen, besser oder schlechter gelungene Bilder des Königs und Kaisers. Marquardt registrierte Sprüche wie; »Ausflug nach Paris«, »Auf Wiedersehen auf dem Boulevard«, »Auf in den Kampf, mir juckt die Säbelspitze«. Auf seinem Waggon stand dementsprechend eine Grußbotschaft an den russischen Zaren. Sie lautete: »Nicolai, wir werden dir zeigen, wo der Pfeffer wächst« und »Auf nach Warschau« wie auch »Furchtlos und treu«. Auf einem Maschinengewehr sah er die Parole: »Russland wird schwäbisch«.

Er musste plötzlich voller Bitterkeit an den schnellen Vormarsch nach und den schnelleren Rückzug von Warschau denken. »Schwabenritt nach Osten und… zurück« hätte dort damals stehen müssen und er meinte damit seine erste Zugreise nach Osten, vor knapp einem Jahr. Während der Zug sich in Bewegung setzte und die trauten schwäbischen Landschaften am Fenster vorbeischossen, zog ein neben ihm sitzender Soldat sein Feldgebetbuch heraus und las darin. Marquardt schaute neugierig in das geöffnete Büchlein hinein. Er sah auf der Innenseite des Titelblattes ein Gedicht, das scheinbar von einer Frauenhand zum Abschied als Widmung geschrieben worden war. Sein Nebenmann bemerkte dieses Interesse an seinem Büchlein, guckte ihn ernst an und nach kurzer Überlegung schob ihm das Büchlein näher zum gemeinsamen Lesen.

»Die Ausziehenden.
Kennt keiner das Buch, in dem geschrieben steht,
dass dieser falle und jener heil heimwärts geht?
Doch später ist in Stein und Lied zu lesen,
die im Kampf fielen, sind unsre Besten gewesen.
Viele aber glauben, es sei vorbestimmt,
ob einen die Kugel auslässt oder herüber nimmt.
Und bliebest Du zu hause und wärest nicht dabei —
in Kriegszeiten irren viele Kugeln frei.
Wo aber steht geschrieben, frag' ich,
dass vor allem ich übrig bleiben soll,
ein anderer für mich fallen?
Wer immer von Euch fällt, er stirbt gewiss für mich.
Und ich soll übrig bleiben? Warum denn ich?«

Geschrieben von Walter Heymann.

7.

In der Stadt Lodz hieß es für Marquardt aussteigen. Hier, auf polnischem Boden wurden die aus dem Deutschen Reich ankommenden Einheiten neu gegliedert, mit Proviant, Pferden und Kriegszeug versehen und nach wenigen Tagen Aufenthalt in Richtung Front weitergeschickt. Durch die Piotrkowska-Straße wälzten sich langen Militärkolonnen in Richtung Osten. Auch Wachtmeister Marquardt marschierte mit. Wenig später, von Mitte Juli bis Anfang August 1915, bestand seine neue Einheit, das Landsturm-Infanterie-Regiment Nr. 13, in den Kämpfen zwischen Lowicz und Warschau, seine Feuertaufe. Und während er zum zweiten Mal sich der Hauptstadt Polens näherte, hatten sich seine drei früheren Kameraden aus Boernerowo dort schon recht gut eingelebt.

Isaak und Moses Abendschein aus Nördlingen, wie auch der Straßburger Minz, lebten nun seit Anfang 1915 in der von den Russen beherrschten Polenhauptstadt. Sie hielten sich während der ersten Monate im jüdischen Stadtviertel um die Nalewki-Straße versteckt, danach fassten sie soviel Mut, dass sie einer Beschäftigung nachgehen konnten. Während Minz eine Stelle als Kolonialwarenverkäufer im vornehmen Waren haus Herse, später Gebrüder Jablonski, auf dem Warecki-Platz fand, stiegen die beiden Abendscheins in das Diamantengeschäft ein.

Die breite Nalewki-Straße war zu dieser Zeit die Hauptader der Judenstadt, die im Nordwesten von Warschau lag. Hunderttausende von Juden, die hier wohnten, hatten ein ausgeprägtes Nationalbewusstsein, eigene Religion, Sitten und Gebräuche, Sprache und Tracht. Sie bildeten ein eigenständiges Volk, mitten im Herzen Polens.

In der Nalewki-Straße gab es große Geschäftshäuser, in denen mit Koffern, Kostümen, Pelzen, Fellen oder auch Hüten im großen Stil gehandelt wurde. In der Straßenmitte die Straßenbahn. Die links und rechts der Nalewki-Straße verlaufenden Straßen mit den Querstraßen und Gassen waren erfüllt von lebhafter Geschäftigkeit. Die jüdischen Frauen trugen schwarze Perücken mit einem kleinen schwarzen Schleier, einem schwarzen Schal, vorne eine Art Blume. Hinter den abbröckelnden Häuserfassaden versteckten sich weiträumige Höfe. In diesen Vierecken, die stets die Basaratmosphäre spüren ließen, sah man Pferdegespanne, Berge von Kisten, die von jüdischen Lastträgern in zerlumpten Kleidern und mit durchlöcherten Schuhen abgeladen wurden. An den Häusern bunte Firmenschilder. Überall Geschäfte und Geschäfte, das Leben schien hier aus der Erde zu sprudeln, dazu die sonderbaren Namen auf den Schildern wie Tuchwarger, Gutbesztand, Blumenkranz oder auch Spiegelglas. Jiddische Zeitungen wurden von Straßenjungen ausgerufen. Viele Menschen standen wartend auf der Straße und nur im Windstoß, wenn die langen schwarzen Mäntel angehoben wurden, sah man die weißen rituellen Schaufäden. Die wehenden langen Bärte, rötlichblond oder schwarz und die Gesichter, gekennzeichnet durch lange Nasen, schmächtig.

An einem staatlichen Zigarettenkiosk, genannt Papierosykasten, lehnte ein junges Mädchen und sang traurig vor sich in die Menge: »Ach kuptsche Keuptze mine Papierosy! Kauft ihr Händler meine Zigaretten!« Dabei streckte sie die von der Arbeit schwieligen Hände mit ein paar Zigaretten vor. Beim Anblick des russischen Polizisten, des Stojkowy, räumte sie schnell den Platz und verschwand im nächsten Hofeingang. Die anderen jüdischen Straßen wie Dluga- oder auch die Dzika-Straße beherbergten moderne Läden sowie Parfümgeschäfte. Dicht aufeinander folgten die Obsthändler mit Früchten unter einem Glaskasten. In den dunklen Ladenräumen sah man Menschen, die debattierten, aßen, Tee tranken, im Stehen oder Sitzen, auf dem Stuhl oder auch auf dem Tisch. Hier und dort tauchten Handkarren mit Tuchballen im Straßenbild auf. Aus den Kaffeehäusern und Restaurants, wo fast alle erdenkbaren feudalen Gerichte, edelste jüdisch-polnische Spirituosen und deutsche oder auch französische Weine angeboten wurden und wo die Geschäfte oft bei gutem Essen gemacht wurden, drang auf die überfüllten Straßen sentimentale jüdische Musik. Jüdische Zwei-Mann-Musikkapellen, meistens ein Geiger und ein Klavierspieler, waren hoch im Kurs, sie spielten gekonnt jüdische und Zigeunerweisen.

Auch diese unvergesslichen jüdischen Witze, die die gesamte jüdische Lebensphilosophie in sich vereinen, Theater und Kino fanden hier genauso eine Heimstätte, fanden hier reichen Nährboden. Junge, polnisch gekleidete und geschminkte Frauen mit ihren Kindern in der modernen Matrosentracht sprachen im Vorbeigehen jiddisch mit ihren in sauberen Kaftanen und mit den »Myzkas«, Judenkappen, auf dem Kopf gekleideten Männern.

Die Kehrseite bildeten die ständig vom Hunger und von Schulden geplagten, an der untersten Verdienstgrenze lebenden Armseligen, die in dunklen Kellern und Souterrains, Schuppen und Mansarden als Tages- oder auch Wochenlöhner schwere Arbeit verrichteten. Bei gutem Wetter sah man im Vorbeigehen sehr oft Männer oder auch Frauen, die ihre Arbeitsplätze vor ihre Behausungen verlegten und die ihre blassen Gesichter von Zeit zu Zeit in Richtung Sonne wandten. Reich und arm, alles zusammen, durcheinander- und ineinander verflochten, eine wahre Schicksalsgemeinschaft.

Die Gebrüder Abendschein fanden Arbeit in einem Goldwarengeschäft in der Dzika-Straße als Diamantenhändler. Sie hatten als Aufgabe, billige Objekte aufzuspüren, in Verhandlung zu treten und den Herrn Prinzipal sofort dazu zuziehen. Es war eine sehr heikle Angelegenheit und erforderte sehr viel Geschicklichkeit, Verschwiegenheit, Menschenkenntnis und Glück. Durch die Anwesenheit der Russen strömten Edelsteine aus dem ganzen Zarenreich nach Warschau, um hier den Besitzer zu wechseln. Das Judenviertel von Warschau wurde mit der Zeit zum größten Diamantenumschlagsplatz in Europa. Auch die Namen der Händler deuteten schon auf ihre Berufe. Da stand auf den Schildern geschrieben: Safir, Diamant oder auch Amethyst.

Rabbi Rabinowitz, in seinem langen Seidenkaftan, mit großem runden Hut auf dem Kopf und mit weißem, schön wallenden, zweizipfligen Bart, war ein schöner Mann. Seine schwarzen Augen sahen stolz aber auch streng umher. Und einen Grund, streng zu schauen, hatte er auch. Er stand in dem kleinen Goldwarengeschäft vor einem aufgebrochenen Safe und betrachtete abwechselnd die erschreckten Gesichter der Neffen und des Besitzers, wie auch das des Hausfräuleins, einer rothaarigen, jüdischen Schönheit.

Es passierte eben von Zeit zu Zeit, dass die Warschauer Unterwelt einen reichen Polen oder Juden um seine Habe erleichterte. Es war für die Beraubten immer sehr schwer, genauere Angaben über die gestohlenen Gegenstände zu machen und es war gefährlich, denn die zaristischen Beamten wollten sich auch bereichern. Man sprach in der Stadt einige Tage darüber, um sich dann wieder neuen Themen zu widmen. Was sich hier in der letzten Nacht abgespielt hatte, konnte der eilig herbeigerufene zaristische Kriminalbeamte, ein Mann mit untrüglicher Erfahrung in solchen Dingen, schnell herausfinden. Er brüllte das Fräulein so lange an, bis sie, total durcheinander, zugab, ihrem Geliebten Felek, der ein bekannter Schurke aus der Wola-Vorstadt war, den Tipp gegeben zu haben. Er versprach ihr, das Gold, die Diamanten und sie aus der Stadt zu bringen.

Nachdem er aber mit Hilfe eines Fachmanns den Tresor geknackt hatte und dessen Inhalt in die auf der Straße wartende Droschke verstaut worden war, hatte er nur noch eine Ohrfeige und einen derben Fluch für das Mädchen übrig gehabt. Einige Tage nach der Polizeivernehmung wurde der Goldschmied von den Kosaken unerwartet verhaftet und in dasselbe Pawiak-Gefängnis eingeliefert, in dem der Einbrecher Felek bereits seit einigen Tagen einsaß. Durch die Zusammenlegung des Diebes mit dem Bestohlenen erhofften sich die Russen eine schnelle Aufklärung des Verstecks. Sie wollten um jeden Preis an den verborgenen Schatz kommen. Eile war geboten, denn von der Front kamen in diesen warmen Junitagen des Jahres 1915 keine guten Nachrichten für sie. Hier und dort sah man in Warschau die ersten Anzeichen für den Abzug der Russen, aber so richtig daran glauben wollte noch niemand.

Zufällig abwesend, entgingen die Brüder Abendschein der üblichen Verhaftung und da sie mit allem rechnen mussten, wechselten sie kurzerhand ihr Versteck. Sie kamen dank ihrer Beziehungen in Obhut der Bierfabrikantenfamilien Haber und Busch, die zusammen mit dem Brauer Schiele das weit bekannte Haberbusz-Bier in Warschau herstellten. Hier, etwas beruhigt, feierten sie am 1. Juli 1915 das jüdische Neujahrfest. Mitte Juli trafen sie ihren Frontkameraden Minz, der beruflich sehr erfolgreich gewesen war. Man sprach vorwiegend über die seit einigen Wochen andauernde deutsch-österreichische Offensive, die die Frontlinie in Bewegung setzte und an die

Forts Nowo-Georgiewsk — Warschau — Iwangorod schob. Man wusste in Warschau gut darüber Bescheid, dass Frankreich dieses gigantische Verteidigungswerk der Russen, diese Befestigungslinie, finanzierte. So glaubte man hier, dass, wenn schon nicht aus strategischen, so mindestens aus geopolitischen Gründen, die Befestigungslinie mit Warschau als Mittelpunkt unter allen Umständen gehalten werden würde. Hinter vorgehaltener Hand sprach man in Warschau in diesen Tagen, die Deutschen hätten in kürzester Zeit an die fünfzigtausend Russen gefangen genommen. Aus dem Rathaus wurde bekannt, dass die zaristischen Behörden die ersten Vorbereitungen trafen, die Polenhauptstadt, ähnlich Moskau 1812, in Brand zu setzen, um die anrückenden Deutschen jeder Logistik zu berauben und dadurch den Vormarsch zu erschweren.

Eine Woche nach diesem Treffen kämpften die Deutschen schon bei Blonie, dem Mittelpunkt der letzten, westlich vor Warschau liegenden Verteidigungslinie. Sie waren auch im Norden bei den Forts von Nowo-Georgiewsk angekommen. Im Süden, bei Gora Kalwarja, schlossen sie den westlichen Angriffsbogen an den Weichselfluss an. Sie ließen auch gezielt durch Mundpropaganda verbreiten, dass sie bisher schon an die anderthalb Million Russen gefangen genommen hätten.

Besonderen Spaß an der Weiterverbreitung dieser demoralisierenden Nachrichten fand der Kolonialwarenverkäufer Minz. Seine französisch sprechenden Kunden gehörten meistens der Aristokratie oder den Neureichen aus den bürgerlichen Kreisen an, waren sehr zahlungsfreudig und hörten sich gerne seine politischen Aussagen an. Das wurde ihm ganz schnell zum Verhängnis, er wurde von jemandem angezeigt und verhaftet. Eine Spur war nirgendwo zu finden und direktes Nachforschen in diesen Tagen war lebensgefährlich. Die Brüder Abendschein tauchten darauf endgültig unter und nur Rabbi Rabinowitz, der ein Mitglied des Stadtrats war, musste bis zum bitteren Ende den immer gefährlicher werdenden Weg zum Rathaus mitmachen.

Einen Sonnenstrahl in diesen bitteren Tagen brachte die Freilassung des Goldschmiedes, der zwar mittellos, aber immerhin unversehrt, eines Tages wieder zu Hause auftauchte. Er erzählte den Nachbarn, dass Felek in einer Kibitka, einem Gefangenenwagen in Richtung Osten fortgebracht wurde. So war sein Goldtraum zu Ende. Er war doppelt ruiniert, das Geld war weg und das Vertrauen der potenziellen Kunden auch. Die übrigen Kameraden in Marymont schafften es nicht mehr, nach Warschau zu kommen.

Häufig über die Stadt fliegende Zeppeline und deutsche Flugzeuge beobachteten die über die Weichselbrücken nach Osten strömenden Russen. Warschau hoffte auf Befreiung. Zugleich hatten die Menschen in der Stadt große Angst vor den Deutschen, die für die polnische Bevölkerung geschichtlich gesehen, eine ähnliche Bedrohung und Herausforderung wie die Russen darstellten.

8.

Am 24. Juli 1915 wurde der Kampf mit der Richtungs-
angabe Warschau durch die Eroberung mehrerer russischer
Stellungen westlich von Blonie und durch die Einnahme der
südlich von Warschau gelegenen Ortschaften Jazgarzew,
Ustanow und Lbiska aufgenommen. Zwei Tage später kämpften die Deutschen fünfundzwanzig Kilometer von der Warschauer Fortlinie entfernt in Pienunow und schlugen auch die
russischen Gegenangriffe bei Gora Kalwarja an der Weichsel
zurück. Weitere vier Tage danach kam die Nachricht aus dem
Süden, dass die österreichisch-ungarischen Truppen mit polnischen Legionen an der Spitze die russische Gouvernement
Hauptstadt Lublin einnahmen. Die Russen waren auf der ganzen Frontlinie von Ostpreußen bis in die Karpaten auf dem
Rückzug.
Deutsche Luftstreitkräfte, darunter die Zeppeline, hatten
durch gekonnte Angriffe auf die Bahnlinien östlich von Warschau am 2. August die russischen Absatzbewegungen emp-
findlich gestört. Am 3. August durchbrachen die Deutschen
unter Prinz Leopold von Bayern die letzte starke, russische
Verteidigungslinie bei Blonie und ohne Halt zu machen marschierten sie auf die äußere Festungslinie von Warschau zu.

Das ganze politische Theater um Polen in diesen Julitagen war
Marquardt und seinen schwäbischen Kriegskameraden vom
Württembergischen Landsturm-Infanterie-Regiment 13 völlig
unbekannt. Am 4. August kam es zwischen Kontopa und
Sabrzesina noch zu schweren Kämpfen mit den sich zurück-
ziehenden Russen. Von da an hatte es keine Biwaks mehr gegeben und das einzige Thema der Soldatengespräche war die

Polenhauptstadt. Der Himmel im Osten war während der Nacht durch Brände erhellt. Die ganze Zeit hörte man Detonationen, die, wie es sich später herausstellte, zumeist von den Sprengungen stammten, welche die Russen vornahmen. Sie zündeten mit Brandraketen oder auch mit Petroleumspritzen alle zurückzulassenden Stroh- und Heuvorräte an, was auch mehrere Gehöfte und Güter in Mitleidenschaft zog. Für diese Arbeit waren zumeist die Kosaken zuständig. Die Polen erzählten den vorrückenden Deutschen von Fällen, in denen die Kosaken versprachen gegen Geld Dorf und Gut zu schonen, doch nach dem Entrichten dieser Kriegskontribution brannten sie alles nieder.

Marquardt musste immer häufiger an das Jahr 1914 denken, an seine Kameraden und die Träume von damals. »Sollte jetzt den Deutschen gegönnt sein, Polens Hauptstadt einzunehmen?« Er kämpfte zu dieser Zeit an zwei Fronten, gegen die Russen und gegen eine bösartige Darmerkrankung, die ihm körperlich sehr zu schaffen machte.

Die Luftaufklärung warf eine Nachricht ab, aus welcher hervorging, dass die Russen die Warschauer Brücken gesprengt hätten. Warschau sollte unterminiert und zu einer Falle für die Deutschen werden. Die Soldaten machten sich ihre Gedanken darüber.

In der Nacht vom 4. auf den 5. August gingen zwei Kompanien des 2. Bataillons nach Czerniowice. Die 7. Kompanie schickte eine Offizierspatrouille, die Fort V der Warschauer Festungslinie besetzte und dort die württembergische Fahne hisste. Am Morgen des 5. August marschierte das ganze Regiment Nr. 13 über Mory, Wlochy in die Warschauer Vorstadt Wola ein. An der Hl. Adalbert-Kirche vorbei, wo Glowa mit seiner kranken Frau einmal Zuflucht gesucht hatte, zogen die Schwaben, ohne auf Widerstand zu stoßen, in Warschau ein. Und das als der erste geschlossene deutsche Truppenteil! Von der Straße rief ein deutscher Bauer herüber: »Wir haben schon lange auf euch gewartet. Ihr hättet viel früher kommen müssen.«

Die Russen zogen sich über die Weichsel auf die Vorstadt Praga zurück und begannen von dort ununterbrochen die Stadt mit Maschinengewehren und anderen Waffen zu beschießen. Es schien, als ob sie es auf das Königsschloss der Polen abgesehen hätten, gegen die Deutschen konnten sie in den dicht bebauten und überall einen guten Unterschlupf bietenden Straßen der Stadt wenig ausrichten.

Während ein Teil der Truppe die Alarmquartiere in einigen ehemals russischen Dienstgebäuden bezog, ging das 1. Bataillon bei strömendem Regen in das Judenviertel. Dort wurde es von den Bewohner jubelnd empfangen. Am brennenden Koweler Bahnhof und an der als Richtstätte bekannten Alexanderzitadelle vorbei, kamen die Schwaben bis zum Fort I, ganz im Norden der Stadt gelegen. Hier hatten sie als Aufgabe die Sicherung der Stadt. Auf der Weichsel brannten in dieser ersten Nacht mehrere Schiffe und Kähne, die von den Russen angezündet worden waren. Auch die Schiffsbrücke brannte lichterloh. Jenseits des Flusses, in Praga, sah man auch mehrere Brände und man hörte gewaltige Detonationen.

Das Telegramm des Regimentskommandeurs nach Stuttgart über die Besetzung der Stadt wurde mit einem Funkspruch des Königs beantwortet, worin unter anderem stand: »Ganz überrascht und sehr beglückt durch Ihre Meldung, spreche ich Ihnen und dem Regiment meinen herzlichsten Glückwunsch aus. Ich bin mit den braven Landsturmmännern stolz, dass es Ihnen vergönnt war, als Erster diesen großen, wichtigen Abschnitt durch Ihren Einzug zu besiegeln. Gott stehe Ihren Waffen auch ferner bei.
gez. Wilhelm.«

Was Marquardt und die übrigen Schwaben aber an diesem nach ihrer Meinung für die Stadt so wichtigen Tag vermissten, war das klare Dankeschön der Polen. Doch diese blieben reserviert und kühl, fast deutschfeindlich, obwohl sie dem deutschen Militär größte Achtung zollten. Warschau war frei, aber nicht bereit, dem ungebetenen Befreier zu danken. Die Hoffnungen der Soldaten wurden mit dieser unangenehmen Tatsache hart konfrontiert und bescherten Zukunftssorgen.

Marquardt musste in diesem Zusammenhang an einen jungen, fünfzehnjährigen Kriegsfreiwilligen aus Schwäbisch Gmünd, der in den Kämpfen vor Warschau fiel, denken und zum ersten Mal kam ihm die Sinnlosigkeit dieses Krieges zu Bewusstsein.

9.

Während die Russen im Morgengrauen des 5. August 1915 Warschau verließen und hinter sich die Weichsel-Brücken in die Luft jagten, mobilisierte die polnische geheime Militärorganisation, kurz P.O.W. genannt, ihre Mitglieder und ließ sie in Richtung auf das Koniecpolski-Palais, den Sitz des bisherigen Zarenvertreters in Polen, marschieren. Hier angekommen, hissten sie die polnischen weiß-roten Nationalfahnen in den Frontfenstern. An den Eingängen zu dem prächtigen Bau stellten sie halbuniformierte bewaffnete Wachen auf. Das führte zu den ersten Problemen mit den in Warschau gerade einrückenden Schwaben. Man wusste von offizieller Stelle überhaupt nichts über das Vorhandensein von bewaffneten polnischen Einheiten in der Stadt. Im Laufe des ersten Tages nahmen die Deutschen von den bis dahin noch nicht von den Polen besetzten Teilen des riesigen Baukomplexes Besitz und quartierten hier einen Divisionsstab ein. Es mehrten sich Zwischenfälle, bei denen die deutschen Offiziere von den halbuniformierten polnischen P.O.W.-Wachen am Betreten des Gebäudes gehindert wurden.

Da in dieser Zeit noch ein Schusswechsel mit der russischen Nachhut entlang der Weichsel andauerte, wurden die Deutschen wegen der Anwesenheit der bewaffneten Zivilisten im Rücken, und das noch dazu in der Nähe des Sitzes ihres Divisionsstabes, sehr nervös. Sie umzingelten die Polen und verlangten eine Klärung der verzwickten Lage. In dieser verworrenen Situation kam der Vertreter der deutschen Seite, Bogdan Graf von Hutten-Czapski, nach Warschau und begab sich sofort zum Rathaus.

Dieser vierundsechzig jährige polnische Magnat und Berufsdiplomat, Schlosshauptmann von Posen, war Mitglied des preußischen Herrenhauses und seit dem Kriegsausbruch als Referent für Ostfragen in der Politischen Abteilung des Großen Generalstabs tätig. Jetzt wurde er zur 9. Armee, die Warschau eingenommen hatte, abkommandiert. Er trat für eine polnisch-deutsche Verständigung und für ein möglichst großes Entgegenkommen gegenüber der polnischen Bevölkerung bei der künftigen Verwaltung Polens ein. Im Rathaus traf er sofort mit Zdzislaw Fürst Lubomirski, dem Vorsitzenden des Warschauer Bürgerkomitees zusammen. Von den Russen war dieser bei ihrem Abzug aus Warschau zum Stadtpräsidenten ernannt worden.

Auch die P.O.W.-Milizen entsandten eine Zweimann-Abordnung mit Unterleutnant Libicki als Vertreter des Oberkommandierenden der P.O.W. an der Spitze. Sie informierten Major von Hutten-Czapski, dass sich in Warschau eine polnische Schützeneinheit, die dem Kommandanten der österreichischen Polnischen Legion, dem Brigadier Josef Pilsudski untersteht, befände. Sie baten, ihnen eine Verbindung mit ihm zu ermöglichen.

Da Major von Hutten-Czapski nicht die Entscheidungsgewalt in solch heikler Materie hatte, fuhr man in das Hotel Bristol, das in der Krakauer-Vorstadt-Straße gelegen war. Hier residierte der Stab der 9. Armee von Leopold Prinz von Bayern, des Eroberers von Warschau. Die P.O.W.-Offiziere wurden von Stabschef Oberst von Massow freundlich empfangen und über die momentane Frontlinie informiert. Sie erfuhren, dass sich die 1. Brigade der österreichischen Polnischen Legion im Marsch auf Brest-Litowsk befände. Der Oberst erklärte sich bereit, die Führung der Polnischen Legion über das Vorhandensein der Warschauer P.O.W.-Schützeneinheit zu informieren. Gleichzeitig wurde die Tatsache der Besetzung eines Teils des Palais Koniecpolski durch die Polen akzeptiert. Um weiteren Scherereien mit den aus allen Himmelsrichtungen nach Warschau strömenden deutschen Einheiten aus dem Weg zu gehen, wurde ein Verbindungsoffizier des Stabes der 9. Armee zu den P.O.W.- Polen ernannt.

Leopold von Bayern, der Oberkommandierende der 9. Armee und Reinhard Frhr. von Scheffer-Boyadel, General der Infanterie, Führer des XXV. Reserve-Korps, das am 5. August Warschau besetzte, bemühten sich bei der Besetzung Warschaus, den Einwohnern möglichst weit entgegenzukommen. So bestätigte Scheffer-Boyadel bei der Übernahme das von den Russen zugelassene Warschauer Bürgerkomitee als Regierungsorgan der Stadt mit ihrem Stadtpräsidenten Fürst Lubomirski bis auf weiteres in ihren Ämtern.

Den ganzen nächsten Tag dauerten die Konflikte um das von Polen besetzte Teilstück des Palais an. Immer wieder musste die Stadtkommandantur den in Stellung gehenden neuen Einheiten auf Anfragen bestätigen, dass alles in Ordnung sei. Um diese Konfliktherde zu entschärfen, schlug die deutsche Seite den Polen den Umzug in das große Gebäude der russischen Gendarmerie, gelegen an der Kreuzung Wielka- und Hoza-Strassen, vor. Die Polen nahmen den Vorschlag an und quartierten sich dort bis zu ihrem Abmarsch von Warschau ein.

Wachtmeister Marquardt übernahm mit seiner Einheit inzwischen den anstrengenden und bei den Polen nicht beliebten Wacht-, Sicherheits- und Absperrdienst in Warschau. Schlechte, enge Quartiere, ständiger Wechsel zwischen Nacht- und Bereitschaftsdienst gingen den Schwaben gewaltig auf die Nerven. Die von oben befohlene Höflichkeit zu den Polen machte beiden Seiten zu schaffen. Man traf Vorbereitungen zum feierlichen Einzug des Prinzen Leopold von Bayern, der am 9. August stattfinden sollte.

Inzwischen setzten die Russen die Beschießung der Stadt fort.

Als Antwort darauf überschritten die deutschen Truppen am 8. August die Weichsel und schon am nächsten Tage war die am Ostufer gelegene Vorstadt Praga fest in deutscher Hand. Während der bayerische Prinz vor dem polnischen Königsschloss die Siegesparade abhielt, gingen seine Truppen zur Verfolgung der Russen nach Osten.

In der Stadt selbst wurde die erste Bekanntmachung des Generalfeldmarschalls Prinz Leopold von Bayern in polnischer Sprache auf den öffentlichen Plätzen und Gebäuden angebracht. Sie begann mit den Worten: »Eure Stadt ist in deutscher Gewalt, aber wir führen Krieg nur gegen feindliche Truppen, nicht gegen friedliche Bürger. Ruhe und Ordnung sollen gewahrt, das Recht geschützt werden. Ich erwarte, dass Warschauer Bürger keine feindlichen Handlungen unternehmen, dem deutschen Rechtsgefühl vertrauen und den Anordnungen unserer Truppenbefehlshaber Folge leisten werden...«

Am Vormittag des 9. August 1915 zog der bayerische Prinz über die von deutschen Soldaten bewachten Straßen in die Stadt ein. Die Warschauer taten durch Abwesenheit in den normalerweise gut belebten Straßen ihre Ablehnung kund.

In dieser Zeit tauchte der Verbindungsoffizier der Legion Pilsudskis, Leutnant Boerner, beim P.O.W.-Bataillon auf und nahm Kontakte zu den deutschen Stellen auf. Mit der Problematik dieser aus dem Untergrund aufgetauchten polnischen Einheit mussten sich in diesen Tagen alle betroffenen Gruppierungen befassen.

Zuerst die Deutschen. Sie nahmen, wenn auch etwas erstaunt zur Kenntnis, dass in der besetzten Stadt ein polnisches Schützenbataillon existierte. Sie akzeptierten die Erklärung der Führung dieses Bataillons, dass es von den Polen im österreichischen Galizien für den Untergrund organisiert worden und deshalb nur dem Kommando der österreichischen Polnischen

Legionen zugehörig war. Nach der schlechten Erfahrung der ersten Tage war es im deutschen Interesse, den P.O.W.-Polen die Vereinigung mit der Legion, die zur Zeit bei Brest-Litowsk gegen die Russen kämpfte, zu ermöglichen.

Die zweite Partei bildeten die Polnischen Legionen und speziell der achtundvierzig jährige Brigadier Josef Pilsudski, Mitbegründer der polnischen sozialistischen Partei und ein Verfechter der Unabhängigkeit Polens. Seine seit 1908 in Galizien organisierten paramilitärischen Schützenverbände bildeten die Keimzelle der Polnischen Legionen, die nach Kriegsausbruch mit österreichischer Unterstützung und unter österreichischem Befehl dort aufgestellt wurden. Pilsudskis Hauptanliegen war die Herauslösung der Legionen aus der österreichischen Armee und der Aufbau einer geheimen Militärorganisation in ganz Polen. Er wollte mit aller Kraft die Bewegung für die Einigung und Unabhängigkeit Polens, kurz N.K.N., vor der Anlehnung an die Mittelmächte oder an Russland zu bewahren.

Er traf eine Woche später in Warschau ein, um die dortigen Vertreter der Unabhängigkeitsbewegung, die sich schon am ersten Tag nach dem Einmarsch der Deutschen zur Zusammenarbeit mit den Mittelmächten bereit erklärt hatten, davon wieder abzubringen. Quartier nahm er im Hotel Francuski. Prompt kam es daraufhin zu Aufmärschen seiner Sympathisanten. Die deutsche Stadtkommandantur antwortete darauf zwar höflich aber schnell. Pilsudski wurde sofort aus der Stadt ausgewiesen, dies mit der Begründung, es könne während des Kriegszustandes in Warschau keine andere Autorität toleriert werden als die der deutschen Militärbehörde.

Wachtmeister Marquardt, der zum Dienst in der Stadtkommandantur abgestellt wurde, erfuhr einiges von diesen Problemen. Für ihn und seine Kameraden hieß dies aber in den ers-

ten Wochen in der Stadt nur eines: Dienst, Dienst und nochmals Dienst. Seine Einheit, die auch mit polizeilichen Aufgaben beauftragt worden war, hatte genug zu tun. Schon am 15.
August wurde wegen der Ankunft Pilsudskis sowie den darauf
folgenden Sympathiekundgebungen und Aufmärschen seiner
Anhänger Alarmbereitschaft ausgerufen. Erst, nachdem
Pilsudski Warschau in Richtung Otwock verlassen hatte, ent-
spannte sich die Lage für kurze Zeit. Zwischendurch wurden
die Schwaben zu Zeppelinlandungen als Schutz abkommandiert. Am 22. August gab es für alle deutschen Truppen in
Warschau einen Großalarm. Die im Mokotow-Gefängnis un-
tergebrachten zwölftausend russischen Kriegsgefangenen re-
voltierten. Nachdem diese Gefahr beseitigt worden war, wurden die Schwaben zum Instandsetzen einiger Kasernen abkommandiert, danach begann das Exerzieren der Soldaten.
Marquardt jagte die jungen Burschen auf dem Kasernenhof
hin und her.

Warschau erwachte zu neuem Leben, zeigte sich bewegt und
lebendig wie in Friedenszeiten und sah sehr friedlich in der
Hochsommersonne aus. Die Polizeistunde wurde auf Mitter-
nacht festgelegt. Alle Kinos und Theater waren geöffnet und
schon einen Tag nach der Einnahme gab das Warschauer
Philharmonische Orchester die »Eroica«.
Den ganzen Monat August bekamen Marquardt und seine
Männer die Reize des Stadtlebens kaum zu spüren. Das Verhältnis zu den Polen war schlecht. Diese hatten zwar vor dem
deutschen Militär großen Respekt, aber sie standen vor der
Erkenntnis, die russische Besetzung gegen die deutsche einge-
tauscht zu haben. Misstrauisch allem Deutschen gegenüber,
feierten sie die Befreiung und liebäugelten anderseits mit der
Rückkehr der Russen. Diese seelische Spaltung nannten die
Polen selbst etwas ironisch »Warten auf Papas Rückkehr«. Mit

Papa war der Zar gemeint. Die über hundertjährige Russenzeit in dieser Stadt hatte auch die menschliche Mentalität verändert. Hin und wieder wurden von deutscher Seite der Spionage verdächtige Personen verhaftet und den Gerichten vorgeführt. Während die einen, die für Pilsudski tätig waren, zumeist frei kamen, wurden russische Spione zum Tode verurteilt. Die Moral war im Regiment noch in Ordnung, obwohl die Wach- und Absperrposten ständigen Bestechungsversuchen der Polen und Juden ausgesetzt waren. Einer der Gründe dafür war die katastrophale Lebensmittelversorgung in der Stadt. Vom Hinterland in diesen ersten Tagen abgeschnitten, entwickelte sich in Warschau eine Schmuggelbewegung, die auch die Preise in schwindelnde Höhen klettern ließ.

Die Deutschen, die gedanklich mit einem Separatfrieden mit Russland liebäugten, fürchteten durch die Österreicher und die Legionäre in politischem Sinne um das Eroberte gebracht zu werden. Die geheime deutsche Diplomatie knüpfte in Stockholm Kontakte zu dem japanischen Botschafter Ushida, und bat ihn um Vermittlung in den Gesprächen mit den Russen. Die immer schwieriger werdende wirtschaftliche aber auch die militärische Lage zwang Deutschland zu diesem Schritt. So war es nicht verwunderlich, dass sie die Warschauer P.O.W.- Legionäre eingekleidet und an der Front als die bessere Lösung ansahen. Brigadier Pilsudski freute sich über diesen Zuwachs, die Österreicher über das Kommando, wenn auch nicht in Warschau, und die Deutschen begrüßten den geordneten Abmarsch.

Auch Marquardt mit seinen Kameraden hatten eine Sorge weniger, denn die Sympathiebekundungen und Aufmärsche zu Ehren Pilsudskis hatten erhöhte polizeiliche Aufgaben für sie bedeutet. Den Schwaben begann dieser Polizeidienst in einer Großstadt buchstäblich zu stinken. Ständig auf der Hut zu sein und dazu noch möglichst höflich zu den nicht besonders freundlich eingestellten Warschauern zu bleiben, das alles strapazierte die Nerven. Nach dieser diffizilen Arbeit war man froh, gesund und heil in die Kaserne zurückkehren zu können. Dann kamen in den nächsten Tagen Bewachungsdienste in Praga. Jeden Tag mussten die Landsturmmänner auf einem Floß über die Weichsel setzen, um die Errichtung einer Notbrücke zu sichern. So konnte nach einigen Tagen die deutsche Kavallerie über diese Brücke übersetzen. Da die Eisenbahnbrücken zerstört waren, mussten die Schwaben mithelfen, auf riesigen Flößen Lokomotiven über die Weichsel zu bringen.

Sie sollten die Hilfstruppen für die inzwischen um die zweite russische Verteidigungslinie zwischen Kowno und Brest-Litowsk entflammten Kämpfe transportieren. Jeden Tag hatten sie Arbeit. Man sah die Deutschen in die östliche und die russischen Kriegsgefangenen in die westliche Richtung marschieren. Das Ende des Krieges war nicht eingetreten, der Traum, dass mit der Erstürmung der Stadt der Krieg vielleicht zu Ende sein würde, ging nicht in Erfüllung.

Eines Tages, während der Wache am Prager Ufer, erkannte Marquardt in einer Kavalleriegruppe einige bekannte Gesichter. Es waren Schulze und die Gebrüder Abendschein, nur Piertulla und Minz fehlten in dieser Gruppe. Da die Notbrücke zu Fuß zu begehen war, gingen die Kavalleristen neben ihren Pferden. Sie hielten kurz an, ganz überrascht, Marquardt am Leben zu sehen und dann schüttelten sie ihm voll Freude die Hand. Er erfuhr von der Verhaftung und dem Verschwinden des Elsässers Minz, und sie von ihm über den Heldentod Töpfners. Sie erzählten, dass Jan Glowa sich zur Polnischen Legion als Freiwilliger und sie selbst nach dem Einmarsch der Deutschen in Warschau wieder zum Dienst gemeldet hatten und wieder zu ihrer alten Einheit gekommen waren.

Was Piertulla anbeträfe, so meinten sie, dass er als Oberschlesier vielleicht auch der Verlockung einer eigenen polnischen Einheit erlegen wäre, und wenn ja, dann aber ganz sicher unter falschem Namen. Auch der Rabbi Rabinowitz, der seine Neffen bis nach Praga begleitet hatte, wurde ihm vorgestellt. Er lud ihn ein. »Die Zwillinge haben gut von Ihnen gesprochen« — meinte er es begründen zu müssen. Marquardt nahm die Einladung an. Der Rabbi zog ein Fläschchen Pejsachowka aus der Tasche und ließ es herumgehen. So begossen sie ihr Wiedersehen — und zugleich den neuen Abschied. Denn für die Einheit hieß es bald »Aufgesessen!« und nach einiger Zeit verschwanden sie in der Kolonne.

Der Rabbi nutzte seine Anwesenheit in Praga, um die nahestehende Synagoge zu inspizieren. Marquardt fuhr mit der Wachablösung nach Warschau zurück und begab sich zum Stab. Er hatte, wie seine Kollegen auch, die Nase voll von diesem Etappendienst und wollte sich für den Fronteinsatz melden.

Der Stabsoffizier, dem er sein Anliegen vortrug, hatte einen Amtsbrief für ihn. Marquardt nahm ihn an sich und wunderte sich über den Stempel. Der Brief war am 14. September 1915 in Donaueschingen aufgegeben worden. Er las die wenigen Zeilen und fühlte, wie ihm schwindlig wurde. Er musste sich setzen. Im Brief stand, dass am 13. August seine Frau während eines Luftangriffs zweier französischer Flugzeuge auf den Personenzug der Schwarzwald-Bahn von Donaueschingen nach Villingen als Einzige ums Leben kam. Sie habe ihre letzte Ruhestätte in der kleinen Ortschaft Klengen gefunden. Von Amts wegen sprach man ihm herzliches Beileid aus. Marquardt merkte nicht, dass ihm der Brief aus der Hand geglitten war. Die Umgebung nicht beachtend verließ er die Stube. Der Offizier, der ihn gehen ließ, nahm das Papier in die Hand, überflog die kurze Mitteilung und dachte: »Der Mann muss damit erst einmal fertig werden, den lasse ich jetzt in Ruhe.«

Unglücklich ging Marquardt vor sich hin. Wie lange wusste er nicht. Es zog ihn zur nahen Weichsel. In der Nähe der ausgebrannten und bis zur Hälfte versunkenen Kähne nahm er seinen Mantel und Mütze ab, und ohne zu zögern, sprang ins Wasser. Das alles geschah mechanisch, ohne dass er wusste, was er tat. Er war aber beobachtet worden.

Ein Schatten löste sich von Bord eines Kahnes und glitt schnell ins Wasser, kam in die Nähe der Eintauchstelle und tauchte unter. Für einen Beobachter, — es hatte keinen in diesem Augenblick gegeben —, war der Taucher lange unter Wasser. Er hatte scheinbar Erfolg, denn er tauchte plötzlich, um Luft ringend und mit einem Arm aufs Wasser schlagend, auf, während sein zweiter Arm den schon bewusstlosen Deutschen an den Haaren zum Kahn zog. Mehrere Male tauchten die beiden unter, doch der Retter gab nicht auf. Mit letzter Kraft erreichte er das zur Hälfte versunkene Schiff und zog den Geretteten herauf. Dann sank er selbst um, rang längere Zeit nach Luft, setzte sich und sammelte Kräfte. Nach kurzer Zeit begann er sich um den Deutschen zu kümmern. Seine Bemühungen waren erfolgreich, denn er brachte es fertig, Marquardt wieder zum Leben zu erwecken. Dann legte er sich neben ihn, während seine Schlitzaugen den Schwaben beobachteten.

Marquardt kam zu sich und das erste, was er vernahm, war das Läuten der Abendglocke der Hl. Florian-Kirche in Praga und die Schreie der Affen aus dem naheliegenden Zoo-Garten, die über das Wasser drangen. Bei den letzten Kämpfen wurde auch der Prager Zoo getroffen und einige in Freiheit gelangte Affen suchten Rettung in den dichten Baumkronen der direkt an der Weichsel stehenden Bäume. Ihre Schreie und die Stille der Abenddämmerung am Flussufer bildeten ein bizarres Konzert für die Ohren des Geretteten. Dann erblickte er seinen Retter und wurde plötzlich hell wach. Er hatte zwischendurch vergessen, was ihn zum Fluss geführt hatte und schaute verdutzt in die auf ihn gerichteten Schlitzaugen seines Retters. Erschöpft lagen beide neben einander, unfähig sich zu artikulieren. Das Affenabendgeschrei in den Baumkronen verklang allmählich, die Abendglocke verstummte und die Frische der Abendluft überzog die Wasseroberfläche.

Marquardt richtete sich auf und fragte den neben ihm sich erhebenden Fremden: »Wer bist du? Warum hast du mich gerettet? Bist du ein russischer Soldat, der sich versteckt hält?« Und merkend, dass der Mann ihn nicht verstanden hatte, wiederholte er die Frage mit dem einzigen, ihm bekannten russischen Satz: »Ty Ruski? Du Russe?«

Sein Gegenüber verstand diese Worte. Er richtete sich auf, klopfte sich stolz auf die Brust mit der Faust und sprach: »Yamadasan desu. Nihonjin desu. Japonia. Ich heiße Yamada und bin ein Japaner. Japan.«

Marquardt brauchte einige Zeit, um zu begreifen aber das letzte Wort schien ihm verständlich zu sein und staunend fragte er den Asiaten: »Du Japan?«, worauf der Mann aufsprang, sich verbeugte, auf die Brust klopfte und sagte: »Watakushi wa Nihonjin desu. Japonski. Boku no namae wa Yamadasan desu. Yamadasan wa Pilsudskisan o tazune masu. Ich bin ein Japaner. Mein Name ist Yamada. Ich muss zu Pilsudski gebracht werden.«

Das einzige was Marquardt verstand, war der Name Pilsudski. Es war der Name des Mannes, der den Deutschen eigentlich nur Unannehmlichkeiten in Warschau bereitet hatte. Was tun? Der Asiate hatte ihm gerade das Leben gerettet und das bedeutete menschlich eine Verpflichtung ihm gegenüber. Der Japaner wiederholte die Frage: »Anata no Pilsudskisan shitteru desu ka? Kennen Sie Herrn Pilsudski?«

Nun kam Marquardt die Blitzidee, den Rabbi einzuschalten. Er deutete seinem Retter, dass er sich hier verstecken solle und dass er wieder zurückkommen werde. Nach einigen Minuten der Gestikulation verstanden sie sich und Marquardt verließ den Kahn. Er zog seine auf dem Ufer liegende Uniform an und ging den steilen Weg in Richtung Warschauer Neustadt hinauf. In der Dunkelheit erreichte er das Judenviertel und suchte verzweifelt nach dem Haus des Rabbis. Von der Wand eines Hauses löste sich plötzlich eine Gestalt an der unter dem Laternenlicht die Uniform eines Polizisten zu erkennen war. Von diesem erfuhr er, dass der Rabbiner in der Nähe wohnte. Seine Ankunft zu dieser späten Stunde erschreckte zwar die Hauseinwohner, doch der Rabbi erkannte ihn sogleich und beruhigend schickte er sie alle wieder ins Bett. Der Schwabe erzählte ihm ohne Beschönigung die ganze Geschichte. Der Rabbi zog sich schnell an und machte sich mit ihm auf den Weg in Richtung Weichsel. Angekommen hatten sie zuerst große Schwierigkeiten irgend etwas zu erkennen. Marquardt wollte schon ins Wasser springen, um zu dem zerstörten Kahn zu schwimmen, da vernahmen sie hinter sich die Stimme des Japaners: »Yamadasan wa kokoni desu. Yamada ist hier.«

Sie drehten sich um und sahen vor sich den im Ufergebüsch versteckten Japaner. Der Rabbi sprach ihn auf russisch und polnisch an und es schien, dass sie sich verständigen konnten. Sie sprachen einige Zeit lebhaft miteinander, dann wandte sich der erstaunte Rabbi zu dem Deutschen und erzählte ihm, was er von dem Japaner erfahren hatte.

Der Japaner war im japanisch-russischen Krieg 1904/5 für die

Betreuung der russischen Kriegsgefangenen polnischer Abstammung zuständig. Pilsudski war damals in geheimer Mission nach Japan gereist, um mit den Japanern ein Abkommen zu schließen. Die russischen Soldaten, die sich bei der Gefangennahme durch Japaner als Polen erkenntlich gemacht hatten, wurden verschont und in ein Sonderlager gebracht. Hier wurden einige, die sich in Sibirien am Baikalsee besonders gut auskannten, zu Saboteuren ausgebildet und dann dorthin zurückgeschickt, um die transsibirische Eisenbahn zu zerstören. Einige Offiziere durften nach Europa als freie Männer zurückfahren. Im Lager lernte Yamada etwas russisch und polnisch sprechen. Nachdem der Krieg mit Russland zu Ende war, gewann Japan Interesse an der Schwächung des Deutschen Reiches und versuchte, durch Waffenlieferungen an die Russen die neuen Ziele zu erreichen. Dies waren die militärische Besetzung der deutschen Kolonie in China und politischer Druck auf die Deutschen, um die deutschen Inselreiche im Pazifik okkupieren zu können.

Yamada betreute die Installation der schwersten Mörsergeschütze japanischer Herkunft im litauischen Raum und wollte von Warschau aus, nach getaner Arbeit, über Petersburg und Sibirien nach Japan zurückgehen. Die schnelle Einnahme der Stadt durch die Deutschen durchkreuzte seine Pläne. Er versteckte sich während des Rückzugs am Fluss und so kam es zu der unerwarteten Begegnung zwischen ihm und Marquardt. Auf die Frage des Rabbiners, was er jetzt machen wolle, schlug Marquardt vor, dass der Rabbi ihm helfen sollte den Japaner zu den Legionären nach Brest-Litowsk zu bringen.

Am nächsten Morgen, die an der Einfahrt zu der Notbrücke stehenden Schwaben wirkten noch ziemlich verschlafen, fuhr der Rabbi mit dem Japaner in Begleitung des Wachtmeisters ohne Schwierigkeiten über die Brücke nach Praga. Hier warte-

te schon ein P.O.W.- Reisebegleiter auf den Asiaten, der ihn auch bald, nach kurzem Abschied, auf einem Fuhrwerk in Richtung Osten mitnahm. Yamada verbeugte sich vorm Marquardt: »Anata wa warui hito ja arimasen.«
Diese Abschiedsworte klangen noch lange in den Ohren des Schwaben. Erst nach Jahren erfuhr er den Sinn. Es hieß auf deutsch: »Sie sind kein schlechter Mensch.«

Da der Rabbi in Praga beruflich noch zu tun hatte, trennten sie sich. Beide Männer hatten das Gefühl, dass ihnen der Abschied irgendwie leicht gefallen war. Dem Rabbiner war diese Zufallsbekanntschaft mit einem deutschen Unteroffizier nicht sehr willkommen. Auch seine Leute hatten ihre Probleme mit den Deutschen, die hier ihren Polizeiaufgaben auftragsgemäß nachgingen. Die Händler und andere Geschäftsleute hatten große Schwierigkeiten, sich auf deren Bedürfnisse einzustellen. Man war es von den russischen Offizieren gewohnt, dass sie teuere Pelze, Parfüms und sonstige Luxusartikel gerne kauften, und dass sie andererseits gegen eine Bestechung nichts einzuwenden hatten. Die Deutschen dagegen hatten wenig Geld, führten ein spartanisches Leben zwischen Dienst und Kaserne und ließen sich nicht auf Bestechung ein. Im Gegenteil, sie waren auf deren Bestrafung aus. So war auch im Judenviertel, nach anfänglicher Begeisterung für die Deutschen die kalte Realität der Kriegszeit eingetreten und somit auch eine gewisse Ernüchterung.
Dem Schwaben Marquardt ging es ähnlich. Von zu Hause aus sparsam erzogen, — die meisten kamen zum Militär aus dem Dorf —, kannte und verstand er das lockere Großstadtleben nicht. Es erschien ihm so vieles übertrieben und unnötig, was die Warschauer taten. Die sprachlichen und religiösen Unterschiede, die zu einer anderen Denkweise führten, machten das Verständnis mit den Polen und Juden schwierig. Man ver-

stand die polnische Zurückhaltung gegenüber den Befreiern nicht, denn der einfache Soldat verfügte nicht über die nötigen geschichtlichen Kenntnisse.

In Marquardt selbst leitete der Selbstmordversuch einen Wandlungsprozess ein. Er wurde nachdenklich und begann sich mehr für die menschlichen Probleme seiner Soldaten zu interessieren, gewöhnte sich das unnötige Anbrüllen ab. Nur in den Fällen, in denen es wirklich nötig war, sprach er lauter, aber so überzeugend, dass die ihm unterstellten Männer ohne zu zögern an die Sache gingen. Zurück in Warschau erhielt er einen Brief von seinem Stiefsohn, in dem stand, dass dieser die Zwischenexamina an der Konstanzer Ingenieurschule bestanden habe. Jetzt habe er noch ein Jahr zu studieren. Er schrieb, dass die alte Schwiegermutter Marquardt Mut zum weiteren Leben mache. Die alte Dame erkrankte nach der Nachricht vom plötzlichen Tode ihrer Tochter ernsthaft und hatte das Bett nicht mehr verlassen. Zum Abschluss des Briefes berichtete ihm Rudi, dass er in der Studentenverbindung zum Burschen geschlagen wurde, und was noch für ihn wichtiger schien, dem Stand gemäß bei einem Mensurschlagen einen schönen Schmiss auf der linken Wange erhielt. Auch er wünschte dem Stiefvater alles Gute und dass es Gott möglich mache, ein Wiedersehen feiern zu dürfen.

Der Brief tat Marquardt gut. Er lebte wieder auf und nur bei den Diensteinsätzen, die in Richtung der gesprengten Kierbedz-Brücke über die Weichsel führten, wurden ihm seine schlimmsten Stunden wieder bewusst. Er mied den Fluss. Die freien Stunden verbrachte er mit längeren Spaziergängen entlang des Königlichen Weges, der an der Warschauer Altstadt und dem Königsschloss beginnend, an der König-Sigismund III. von Vasa-Säule und dem Geburtshaus von Maria Curie-

Sklodowska bis zu dem schönen Lazienki-Park führte. Kurz hinter dem Mickiewicz-Denkmal, dem polnischen Goethe, pflegte er eine Tasse Tee in einem Straßencafé, zu trinken. Öfter blieb er vor dem schönen Gebäude der Polytechnika stehen, die im November 1915 von den Deutschen als polnische technische Hochschule, wenn auch mit deutschem Büropersonal, feierlich eröffnet wurde. Nach diesem ausgedehnten Spaziergang durch die von Leben pulsierende Stadt hatte er das Gefühl, den Krieg vergessen zu haben.

Die ersten Herbstregen unterbrachen seine Spaziergänge und als gegen Ende November 1915 das bayerische Landsturm-Infanterie-Regiment Nr. 19 nach Pinsk vorverlegt wurde und neue Landsturmbataillone aus der Heimat eingetroffen waren, wurde es den Schwaben klar, dass auch sie in Richtung Osten vorrücken würden. Am 7. Dezember kamen sie in fünf Zügen über Siedlce und Lukow an die Schtara. Während der Zug durch die bewaldete und von großen Morasten durchgesetzte Gebiete Weißrusslands, die Polesien heißen, fuhr, und Marquardt in der Waggonecke an die unsichere Zukunft dachte, tönte aus der Runde ein ernstes Abschiedslied an Warschau: »Warschau. Perle du von Polen, Weichselfestung und noch mehr! Kämpfend mussten wir dich holen, geben für ein Nichts dich her.«

Durch seinen Kopf fuhr ein Gedanke, der durch das Lied hervorgerufen wurde: »Wer weiß, wie der Krieg weitergehen wird, und ob wir eines Tages doch nicht nur diese Stadt, sondern auch das Land zurückgeben und verlassen müssen? Wer weiß?«

10.

Im Dorf Kossowo, an der Brest-Litowsk — Barano-witschi-Bahnlinie gelegen, eingetroffen, wurde die schwäbische Infanterie mit den Pfeifen des kalten Winterwindes begrüßt. Der letzte Gedanke an die Sommerspaziergänge im fernen Warschau musste der Furcht vor einer drohenden Lungenentzündung weichen. Die Ebene bot den Winden keinen Halt. So erzitterten die alten, morschen Panjebuden bei jedem Windstoß mitsamt den dort einquartierten Schwaben. Die Mäuse ließen nicht zu, dass jemand irgendwelche privaten Lebensmittelvorräte anlegen konnte. Sie hielten ihre Spaziergänge ungeniert Tag und Nacht und zwangen die Soldaten dazu, durch Fallen und Katzen einen neuen, diesmal »hausgemachten« Krieg zu führen, den sie von Anfang an nicht imstande waren zu gewinnen. Fast hätten sie es geschafft, ihre Zahl zu dezimieren, doch dann kamen die Ratten und Wanzen. Auf dem Stroh, das den Soldaten zum Schlafen diente, krabbelten die Läuse. Hinter den riesigen Familienöfen, die dem Infanterievolk vor der Kälte rettende Wärme spendeten, hockten die Reste der im Sommer noch Milliarden zählenden Stubenfliegen.

Die schwäbische Seele schmorte im Dreck der weißrussischen, kuhstallartigen, nur spärlich beleuchteten Holzbuden. Es war deshalb auch nicht verwunderlich, dass einige Männer durchdrehten und mit starkem Heizen der alten Öfen gegen die Kälte anzukämpfen versuchten. Sie übertrieben genauso, wie die Gesundheitsapostel, die mit Kalkmilch, Insektenpulver und schwerem Motorenöl die Säuberung der Aufenthalts- und Schlafräume vornahmen. Die »Heizer« erzeugten Risse in den Wänden und Schornsteinen, so dass die Holzwände hinter den Öfen kohlten oder viele Strohdächer in Flammen aufgingen. Die Brandfälle wurden so zahlreich, dass eine Feuerschau eingeführt werden musste, um das richtige Befeuern der gefährlichen Öfen zu zeigen. Ohne auch nur einen Augenblick angesichts der nahen Frontlinie an einen möglichen »Schwabenstreich« zu denken, waren die Infanteristen dabei, durch Unkenntnis des Feuermachens in diesen Holzbuden alles in Brand zu setzen. Die »Gesundheitsapostel« verglichen ihren Kampf mit der Sisyphusarbeit. Wurde einer der Bewohner der bereits von Ungeziefer gereinigten Räume verletzt und musste ins Lazarett gebracht werden, so brachte der Neue fast ganz sicher wieder Flöhe oder Läuse mit.

So wurde das beginnende Jahr 1916 für die Schwaben eine schwere Zeit, voller Entbehrung und harter Knochenarbeit. Dafür fehlte es an kriegerischen Herausforderungen, denn man musste jetzt die Rolle einer Stellungstruppe spielen. Der Winterkrieg am Oginski-Kanal bezeichnete man als angenehm ruhig. Damit die Mannschaften sich nicht über Langeweile beklagten, begann man den Bau einer zweiten Verteidigungslinie, die wassersicherer als die direkt am Kanal gelegene sein sollte. Die Gegend bestand aus einem grenzenlos scheinenden Sumpfgebiet, in dem die Wege von zahlreichen Wasserläufen und Gräben gekreuzt wurden. Entlang der Wege standen Dörfer und Gutshöfe, doch diese waren jetzt fast menschenleer, nur noch auf den Gutshöfen saßen einige zurückgebliebene Polen.

Die kleinen Holzkirchen, ohne die von den Russen mitgenommenen Turmglocken, vermittelten von Weitem einen soliden Eindruck. Erst aus der Nähe sah man, dass sie aus weiß bemaltem Holz waren. Golden angemalte Andreaskreuze deuteten auf die byzantinische Buntheit und Überladung der Innenräume hin. Geschützt vor der hier immer drohenden Überschwemmungsgefahr breiteten sich auf kleinen Hügeln die Friedhöfe aus, was ein bisschen gespenstisch auf die Fremden wirkte. Hinter der deutschen Frontlinie, in entlegenen Sumpfdörfern versteckt, saßen ortskundige Russen, die Spionage oder auch Sabotage betrieben.

Das Jahr 1916 brachte in Deutschland große Lebensmittelknappheit mit sich. Frauen arbeiteten bis zu sechzehn Stunden täglich an der Heimatfront für den halben Lohn. Mut machende Durchhalteparolen halfen noch einigermaßen die Ruhe zu bewahren. Es wurde befohlen, dass die Front sich, so weit es natürlich möglich war, selbst verpflegen sollte und deshalb richtete jede Division einen Wirtschaftsausschuss ein. Der Wirtschaftsoffizier jeder Einheit musste die Bebauung des Landes organisieren. Seit Frühlingsbeginn wurden die landwirtschaftlichen Arbeiten mit Hilfe der Regimentspferde durchgeführt.

Den Winter 1916/17 konnte man als typisch russischen Winter bezeichnen. Da keine Kampfhandlungen in der Weihnachtszeit zu befürchten waren, machte sich Marquardt mit zwei Soldaten auf die Reise zum Dorf Bobrowitschi. Sie sollten das Futter für die Pferde organisieren und gleichzeitig Ausschau nach versprengten Russen halten. Im Dorf eingetroffen, wurden sie ganz unerwartet von den hier verbliebenen Polen zum Weihnachtstisch eingeladen und gut bewirtet. Die Pferde bekamen einen Futtersack umgehängt und wurden hinter dem Haus in den Windschatten gebracht.

Die Polen, die in dieser Gegend als Minderheit die Oberschicht bildeten, machten sich große Hoffnungen auf den noch nicht erfolgten deutschen Sieg. Das war auch der Grund, dass sie auf ihrem Land ausharrten und nicht mit den Russen fortgezogen waren. So fragten sie neugierig Marquardt nach dem Kriegstand und nach seiner Meinung aus. Als sie von ihm erfuhren, dass er den polnischen Militärführer Pilsudski selber gesehen und gehört, ja ihn sogar von Warschau nach Otwock begleitet habe, da wurden er und seine Kameraden überhäuft mit Freundschaftsbekundungen und das Beste, was das Haus zum Essen zu bieten hatte, wurde den Deutschen angeboten.

Am Anfang war es Marquardt etwas unwohl, von jenem Menschen gut zu sprechen, den er mit seiner Einheit aus der Hauptstadt bringen musste, um drohende Unruhen unter den Warschauern gleich im Keim zu ersticken. Da fielen ihm Pilsudskis Worte in Otwock ein, er erwarte nach der Einnahme Warschaus durch die Deutschen die Revolution und den Zerfall des Zarenreiches in Russland. Derselben Meinung waren auch die gastfreundlichen Polen. Marquardt erinnerte sich noch daran, dass die Polnischen Legionen zuletzt in Richtung Wolynien in Marsch gesetzt wurden. Auch war es in letzter Zeit immer wieder passiert, dass russische Überläufer, die in Wirklichkeit Polen waren, die Deutschen darum baten, zu Pilsudski gebracht zu werden. Dank dem so entstandenen guten Klima bekam Marquardt für sich und seine Soldaten alles, was sie brauchten, ohne requirieren zu müssen. Die Polen gaben aus freiem Willen Proviant und für die Pferde Heu, weil sie von den Schwaben eine gute Portion Hoffnung für die nahe Zukunft empfangen hatten.

Über die Frontlinie blickend, konnte man in den Frühlingstagen des Jahres 1917 bei den Russen feststellen, wie Zwanglosigkeit und Heiterkeit dort Triumphe feierten. Die Soldaten liefen offen im Gelände umher, winkten und grüßten zu den Deutschen herüber, als ob sie sagen wollten: Schießt nicht auf uns, macht es nach, wir wollen nicht mehr in den Graben zurück. Hier und dort auf der russischen Frontseite tauchten Plakate auf russisch und deutsch.

Auf einem lass Marquardt die Wunschbotschaft der Millionen Kämpfenden: »Gospodiny Niemcy, skoro li Mir! Herren Deutsche wird bald Friede sein!« Nur in der Dunkelheit waren die Russen noch die alten, sie schossen wie verrückt.

In einer Märznacht, draußen war es noch bitterkalt mit Temperaturen bei minus zwanzig Grad Celsius, kam eine russische Schleichpatrouille näher, zerschnitt unbemerkt das deutsche Stacheldrahthindernis und nahm den völlig überraschten Marquardt gefangen. Dieser hatte gerade frei und um sich nützlich zu machen, nahm er die aus der Heimat eingetroffene Post und machte sich auf den Weg in die erste Linie. Die Russen sprangen auf ihn zu. Er konnte kein Wort herausbringen, geschweige denn einen Hilferuf. Er lag auf dem Boden, ein kaltes Messer in der Halsvertiefung spürend. Sie bedeuteten ihm, dass er ihnen in Richtung russische Linie folgen müsse. Bald stand er vor einem russischen Offizier, der ein Verhör vornahm. So weit es möglich war, stellte sich Marquardt dumm. Er erzählte, er sei gerade aus dem Kriegslazarett entlassen worden und kenne sich in der Umgebung noch nicht gut aus. Dies akzeptierte der russische Offizier nicht und drohte stattdessen eine Tracht Prügel an. Aber Marquardt blieb stur bei seiner ersten Aussage. Nach ein paar Tagen wurde er zu einem Kriegsgefangenensammelpunkt gebracht.

Mit dem ersten Kriegsgefangenentransport in Richtung Osten trat er eine tagelange Bahnfahrt durch das öde russische Flachland mit seinen Mooren, seinen angesengten Wäldern, den elenden Dörfern mit kläglichen Feldern an. Sie endete vorerst in der Stadt Perm. Von dort konnte man schon in der Ferne die ersten Ausläufer des Uralgebirges erblicken. Hier erfuhren die deutschen und österreichischen Kriegsgefangenen vom Ausbruch der Revolution in Russland. Im Zug wurden Flugblätter verteilt, in denen erklärt wurde: »In der Weltgeschichte gibt es kaum ein zweites Beispiel einer so großartigen und raschen unblutigen Revolution. Nein! Die Revolution hat im russischen Lande keine Zwietracht gesät, die Kraft unserer unzähligen Armeen hat sie keineswegs geschwächt. Sie hat im Gegenteil sämtliche Bürger der russischen Erde von unten bis oben, vom Gemeinen bis zum General hinauf, zu einem auf dem Prinzip der Freiheit, der Gleichheit, der Brüderlichkeit beruhenden Ganzen geschmiedet. Deutsche und österreichische Soldaten! Folgt unserem Beispiel! Stoßt Euren Kaiser und die Regierung herab! Denn sie sind es, die die ganze Welt gegen das blühende Deutschland aufgebracht und den deutschen Namen allgemein verhasst gemacht haben. Setzt denjenigen ab, der den furchtbaren Krieg entfesselt hat, stoßt Euren Kaiser Wilhelm vom Thron herab samt der Regierung, die ihm blind gehorcht und Euch das Maul stopft! So wird dem Krieg ein rasches Ende gemacht!«

Für Marquardt und dessen Schicksalskameraden war die Nachricht von der Revolution bewegend, denn sie barg in sich die Hoffnung auf Frieden und Kriegsende. Was sie aber nicht verstehen konnten war, dass man die Gefangenen auf dem Weg zum Ural zum Sturz des deutschen Kaisers und seiner Regierung bewegen wollte.
»Da hat sicher die übliche russische Schlamperei mitgespielt«, meinten einige Gefangene im Zug. »Die Frontsoldaten bekommen gewiss den Zettel über die Verhaltensregeln in einem sibirischen Gefangenenlager...«

Die Weiterfahrt wurde interessanter, man sah die ersten blauweißen Vorläufer des Ural. Der Zug kämpfte sich schwer bergan. Tannen- und Birkenwälder, Kiefern- und Espenhorste hüllten sich in ein Schneekleid. Überall Steinblöcke und Felsen aus Granit und Gneis. Der Zug konnte nur noch im Schneckentempo vorankommen. In Jekaterinburg eingetroffen, hieß es für Marquardt und noch einige aus dem Waggon aussteigen. Von Menschen mit asiatischem Aussehen in Empfang genommen, wurden sie auf mehrere Troikas verteilt und weiter ging's! Die Fahrt durch die verschneite Landschaft endete unerwartet in einem großen Fabrikdorf. Mächtige Mauern, gewaltige Schornsteine, Steinhäuser, Kirchen, elektrisches Licht in den breiten Straßen, und das alles dort, wo man eigentlich gar nichts erwartet hatte. Man war in einem riesigen Eisenwerk. Beim Anblick der gewaltigen Öfen und Gebläse hatte man den Eindruck, im hoch industrialisierten Westeuropa zu sein. Die Neuankömmlinge erfuhren, dass sie den Holznachschub für die Anlage zu besorgen hätten. Das war besser als unter Tage zu verkommen. Einquartiert wurden sie in der ehemaligen Ziegelei. Nicht weit entfernt von dem Hüttenwerk stand eine große, eiserne Brücke der neuen Bahnlinie in Richtung Sibirien. Die Arbeit im Walde war zwar hart und forderte die letzten Kräfte, bedeutete jedoch eine Möglichkeit, psychisch gesund zu bleiben. Häufig stieß der deutsche Holzbeschaffungstrupp auf verlassene Erz- oder Goldgruben.

Bei Slataust wurde Marquardt durch Zufall fündig. Er rutschte auf dem morastigen Boden aus und erblickte in der Rutschspur etwas Glitzerndes. Bei genauem Hinsehen entdeckte er in der weichen Erde einen Goldklumpen, den die Russen »Samorodek«, auf deutsch »Selbstgeborener«, nannten. Das Gold, das man hier im allgemeinen gewann, war feinkörnig. Um einen Samorodek zu finden, benötigte man eine große Portion Glück. Vorsichtig um sich schauend überprüfte Marquardt, ob er beobachtet worden sei, doch das war nicht der Fall. Schnell wanderte das Gold in die Innenseite des Mantels. Ab diesem Tag beherrschte ihn nur ein Gedanke, hier lebendig wieder herauszukommen und das Gold mitnehmen zu dürfen. In den kommenden Monaten gewann er im Kartenspiel zwei kleinere Rubinsteine, die seine Kollektion abrundeten. Die Steine legte er in die mit Leder überzogenen Holzknöpfe seines Wintermantels, so dass sie gut versteckt waren. Den Goldklumpen zu verstecken war schon schwieriger. Längere Zeit trug er ihn mit sich in der Wäsche, bis er sich ein Versteck im Stiefelabsatz anfertigte. Aus Angst bestohlen zu werden, versteckte er den Goldklumpen schließlich unter den Steinen der Ziegelei.

Der Sommer kam plötzlich und das Gebirge wechselte die Farbe von weiß in blau-grau. Grüne, saftige Wiesen lockten mit Millionen von Blumen. An Felsen, in Laub und Gras glitzerte die Feuchtigkeit in der Sonne. Im Herbst begann man unter den Russen und den Kriegsgefangenen ernsthafter an das Ende des Krieges zu denken. Es dauerte aber noch unendlich lange bis die Nachricht von der Waffenstillstandsvereinbarung kurz vor Weihnachten 1917 die Uralberge erreichte. Bis auf das Bewachungspersonal fuhren alle über die Feiertage nach Hause. Russen und Tataren wollten das Fest mit ihren Nächsten begehen. Die Gefangenen besorgten sich einen hohen Tannenbaum, schnitzten sogar eine zierliche Krippe aus Holz und beschenkten sich mit Kleinigkeiten. Richtige Weihnachtsstimmung wollte in ihnen jedoch nicht aufkommen, sie waren zu sehr mit sich selbst beschäftigt. Mit ihren Gedanken daheim, hatten sie wenig Lust, frohe Lieder zu singen.

Im Februar 1918 merkten die Gefangenen große Betriebsamkeit auf der neuen sibirischen Bahnstrecke. Es fielen viele Truppentransporte in Richtung Westen auf. Man wusste nicht, was man davon halten sollte. Eines Tages blieb ein Transport nach einem Steinschlag stehen. Sofort wurden am

Zug Sicherungsposten aufgestellt. Marquardt hatte plötzlich das unbestimmte Gefühl, eine Fluchtchance zu haben. Er versteckte schnell das Gold im Stiefelabsatz und rannte zum Zug. Am Bahndamm blieb er stehen, versteckt hinter den Bäumen beobachtete er das Geschehen. Ihm fiel sofort auf, dass sich in der Nähe keine Aufpasser oder Gendarmen aufhielten. Die Zugbewachung verständigte sich in einer slawischen Sprache, die sich ähnlich wie polnisch anhörte. »Ob das die russische Polenlegion ist?« — überlegte sich er. Derart in Gedanken verloren entging ihm, dass er von einem der Wachtposten beobachtet worden war. Erschreckt fuhr er hoch, als hinter ihm plötzlich jemand leise aber unmissverständlich verlangte, die Hände hoch zu nehmen. Gesicht zu Gesicht standen sich die Männer gegenüber. Doch plötzlich ließ der Soldat die Waffe sinken.

»Marquardt, bist du das, zum Donnerwetter, oder gibt's noch so einen ähnlichen auf dieser beschissenen Welt?« Das Deutsch mit dem slawischen Akzent war unverkennbar.

»Großer Gott, Piertulla?« — nur soviel konnte er aussprechen, während sein Gesprächspartner auf ihn zuging und ihn umarmte. Da konnte der Schwabe nicht anders, als zu heulen, während der Oberschlesier ihm voll Freude auf die Schulter klopfte. Piertulla, der immer den siebten Sinn besaß, und als ausgezeichneter Einzelkämpfer und Aufklärer galt, schaute sich vorsichtig um. Sie wurden anscheinend nicht bemerkt.

»Mensch, Marquardt, wenn du hier als Kriegsgefangener hockst, dann hast du jetzt die Chance weg zu kommen. Ich bin bei Brest-Litowsk in russische Gefangenschaft geraten und habe fast schon die Hoffnung aufgegeben, mein Oberschlesien noch mal im Leben zu sehen. Da kam mir die russische Revolution zu Hilfe. Die neue provisorische russische Regierung stellte aus Gefangenen, Überläufern und Freiwilligen tschechischer Abstammung das tschechoslowakische Korps auf. Diese Einheit sollte im südlichen Abschnitt der russischen Front eingesetzt werden. Als eines Tages in meinem Kriegsgefangenenlager die Tschechen aufgerufen wurden, sich freiwillig zu den Fahnen zu melden, erinnerte ich mich sehr schnell an meine Großmutter, die zwar der Abstammung nach eine Polin war aber sie war in Österreich als Tschechin registriert. Und so bin ich in dem tschechoslowakischen Korps gelandet. Wir bekamen erst vor einigen Tagen den Marschbefehl entlang den transsibirischen Bahnlinien in Richtung Wladiwostok zu marschieren, kriegsgefangene Tschechoslowaken einzusammeln und auf die französischen Kriegsschiffe im Weiß Meer zu kommen. Ich habe inzwischen einen guten Draht zu ein paar Offizieren. Falls dir danach ist, hier rauszukommen, werden wir aus dir einen Tschechen machen. Wenn du den Soldatenpass bekommst, bist du gerettet. Ich werde schon für dich sprechen, wir sagen, dass dein Großvater ein Franzose war und deine Mutter eine Tschechin. Bist du damit einverstanden, Marquardt?«

Den Schwaben musste man so etwas nicht erst fragen. Er nickte, Piertulla umarmte ihn nochmals und danach eilte er zum Zug. Es dauerte nicht lange, da kam er zurück. Das Gesicht war etwas zerknittert, er schien keine gute Botschaft zu haben. »Marquardt, die haben nichts gegen dich und die wollen dich. Die wollen aber Geld oder besser Gold dafür, bevor du in die Soldliste aufgenommen wirst. Ich habe leider nichts und so kann ich dir nicht helfen. Wenn du aber etwas hast, werden wir die Sache schon meistern.«

Marquardt hatte plötzlich das Gefühl, Piertulla wollte ihn aufs Kreuz legen. So wie die anderen Kameraden in den ersten gemeinsamen Kriegstagen wurde auch er nicht schlau aus ihm. Sein Selbsterhaltungstrieb war aber stärker als der Gedanke an den echten Wert des Goldklumpens im Stiefelabsatz. Er blickte Piertulla prüfend an und verlangte, zu dem Offizier im Zug geführt zu werden. Im Waggon saß am kleinen Gusseisenofen ein untersetzter Mann mit rundem Gesicht. Er trug einen russischen Offiziersmantel.

»Sie sind Marquardt und wollen mit uns hier raus? Gut, das ist zu machen. Sie verstehen aber, dass wir auch was zum Essen brauchen. Die Russen zahlen uns kein Geld mehr, es bahnt sich sogar ein gefährlicher Konflikt an. Wenn Sie Geld oder Gold haben, so würde das uns allen noch zu Gute kommen. Wir haben hier eine Hilfskasse eingerichtet, um zu überleben. Wie sieht's aus, haben Sie was?«

Seine kleinen Augen wurden plötzlich so rund wie sein Kindergesicht und bohrten sich in die des Wachtmeisters. »Ich habe Gold gefunden. Das können Sie haben. Mir wäre es aber recht, dass ich dafür etwas Geld bekäme, denn ich besitze sonst nichts mehr.« Danach legte er den Samorodek auf den Tisch. Piertulla und der Offizier sprangen auf, wobei der Zweite aufschrie vor Aufregung: »Jesus, Maryja und Josef! So viel Gold in einem Stück habe ich noch nie gesehen!«

Er öffnete schnell den in der Waggonecke stehenden Panzerschrank, legte das Gold hinein, entnahm eine Rolle Papiergeld und überreichte diese Marquardt. »Verstehen Sie das als Soldnachzahlung und gleichzeitig als Begrüßungsgeld. Es ist nicht wenig, aber das Gold ist viel mehr wert. Das Papiergeld hat leider fast die Hälfte an Wert verloren, aber immerhin ist es noch eine stattliche Summe. Piertulla gibt Ihnen die Soldatenutensilien und zeigt Ihnen eine Schlafecke im Zug. Und noch ein guter Rat für die Zukunft, lernen Sie Tschechisch! Das war's. Ahoi, Kamerad Marquardt!«

Der Schwabe murmelte ein Dankeschön und verließ mit Piertulla den Waggon. Er wurde eingekleidet, bekam zu essen und Piertulla holte aus einem Versteck eine Flasche Wodka. Sie tranken und erzählten sich die Erlebnisse der letzten zwei

Kriegsjahre. Piertulla berichtete, dass sie über den Fluss müssten, um weitere Einheiten in Richtung Westen zu bringen. Man wollte auf dem Weg in den Westen so viel versprengte Tschechen und Slowaken wie möglich einsammeln.

Erst am späten Abend gelang es, die Felsen von den Schienen zu entfernen und der Zug fuhr im Schneckentempo über die Brücke. In der Nacht blieb er zum zweiten Mal stehen. An einer winzigen Haltestelle waren große Kohlevorräte für die sibirische Bahn von den Russen angelegt worden. Jetzt hieß es, soviel wie möglich aufzuladen. Marquardt packte mit den anderen kräftig zu. Dann ging die Reise weiter.

In der freien Zeit saß er mit Piertulla an einer Stabskarte zusammen. Sie überlegten sich verschiedene Marschrouten um in die Heimat zu gelangen. Diese gemeinsame Zeit brachte die zwei sehr unterschiedlichen Männer näher. Gemeinsam wollten sie das Ziel erreichen, in die Heimat zurück zu kommen und entwarfen viele Pläne. Ihr Vertrauen zueinander wurde dadurch allerdings nicht verbessert. Zu unterschiedlich waren ihre Charaktere.

Ungefähr hundert Kilometer von Samara entfernt, wurde der Zug in der Nacht durch Feuerzeichen auf dem Bahndamm zum Stehen gebracht. Eine kleine Kosakenpatrouille wollte mitgenommen werden. Diese Männer wunderten sich sehr, als sie erfuhren, dass der Zug voller bewaffneter Tschechen war. Sie erklärten, dass das Gebiet links des Flusses Wolga schon in den Händen der Bolschewiki sei, dass aber die Stadt Samara vermutlich noch von den »weißen« Truppen gehalten würde. Sie baten dorthin mitgenommen zu werden. Nach gründlicher Überlegung wurden sie im letzten Wagon bei Piertulla und Marquardt untergebracht. Dann fuhr der Zug weiter. Der Anführer der Kosaken, ein junger, kräftiger Bursche, erzählte, dass sich das großrussische Zarenreich seit der

Lenin-Revolution in Auflösung befand. Der Kaukasus hatte sich für unabhängig erklärt, die Finnen und die Esten folgten diesem Beispiel. Ukrainer, Weißrussen, Litauer und Letten, ganz sicher auch Polen, würden die nächsten sein. Im Süden wurde eine Don-Republik der zaristischen »weißen« Generäle Wrangel, Denikin und Kornilow ausgerufen. Auch Sibirien kam in die »weißen« Hände des Generals Koltschak.

»Wenn das so weiter geht, werden wir hier in Russland bald an die hundert Republiken haben« — meinte der Bursche ironisch. Man sah den Ukrainern an, dass sie demoralisiert waren und dass sie vom Krieg die Nase voll hatten.

Marquardt und Piertulla blieben zusammen mit den Kosaken in Samara. Zurück nach Sibirien stand nicht im Marschplan, den sie sich für die Heimkehr ausgedacht hatten. Zusammen mit ihnen meldeten sie sich zu einer Einheit, die in Richtung Südrussland entsandt werden sollte. Man hatte diese Einheit aufgestellt, um General Denikin, der jetzt im Süden gegen die Bolschewiki kämpfte, zu unterstützen. Es war die bunteste Ansammlung von Soldaten und freiwilligen Zivilisten, die die beiden Deutschen in diesem Krieg jemals gesehen hatten. Jetzt, wo Not am Mann war, freuten sich die Weißen über jeden Zuwachs. Aristokraten auf der Flucht, Offiziere und ihre Söhne, Kadetten der verschiedensten Waffengattungen, Kaufleute, Ausländer, die heraus wollten, sogar einige Damen mit ihren Kindern und der Dienerschaft. Weder die zwei Deutschen, noch die Kosaken passten in diese Gesellschaft. Marquardt und Piertulla wurden, nachdem sie sich als österreichische Tschechen ausgegeben haben, als Panslawisten mit Jubel begrüßt. Die Idee der Zusammengehörigkeit aller Slawen unter dem russischen Schutzschirm haftete noch stark in den Köpfen der zaristischen Offiziere.

Mitte März 1918 dampfte wieder ein Zug mit einer neuen

Mannschaft nach Süden. Während für die Russen diese Reise aber ins Ungewisse führte, bedeutete sie für die beiden Deutschen und die ukrainischen Kosaken den Anfang der Heimfahrt. Die verschneite Steppenlandschaft und die Wärme im Zug waren wie die Realität und die Hoffnung zueinander.

In Balaschow, gelegen an einem Nebenfluss des Don, hörte man die Nachricht, dass die Ukraine ihre Loslösung aus dem russischen Reich erklärt habe. Die Deutschen hätten sich als Schutzmacht angeboten. Doch während die Deutschen mit dem gerade neu entstandenen ukrainischen Staat in Brest-Litowsk den Friedensvertrag unterschrieben, wurde die ukrainische Hauptstadt Kiew von den Bolschewisten eingenommen. Gerüchte berichteten auch vom Einmarsch der Deutschen in die Ukraine, da diese sich aus eigener Kraft einer bolschewistischen Herausforderung nicht hatte widersetzen können. Der von allen Seiten lang ersehnte und Anfang des Jahres 1918 schon fast erreichte Frieden an der Ostfront entpuppte sich als bloße Seifenblase.

Marquardt und Piertulla erreichten mit Hilfe der Kosaken die Gegend von Bachmut, in der Nähe des Flusses Donez gelegen. Hier trennten sie sich. Während die Ersten westlich nach Jekaterinoslaw, wo sie die deutschen Truppen schon vermuteten, weiter wollten, trauten die zwei Kosaken der politisch-militärischen Lage nicht mehr und wollten zur Hafenstadt Rostow weiterziehen.

Ab jetzt marschierten die beiden Deutschen nur bei Nacht, denn ein Marsch am Tag wäre glatter Selbstmord gewesen. Sie hörten immer deutlicher die Schießereien im Norden und Osten. Bei der Ortschaft Tschaplin wussten sie nicht weiter. Hier hatten sich starke Truppen der Bolschewiki eingegraben und das Durchqueren dieser Verteidigungsstellung schien unmöglich. Im kleinen Jar, einer Bodensenke, versteckt, verbrachten sie die Nacht. Sie hatten nichts zu essen und um dem bohrenden Hunger zu entfliehen, lutschten sie an ihren Ledergurten. Das haben sie in der Kriegsgefangenschaft am Ural von den Tataren kennengelernt. Bei Sonnenaufgang fuhren sie hoch, warfen sich aber schnell wieder auf den Boden denn über ihre Köpfe pfiffen Kanonengeschosse in Richtung Osten. Sie erkannten sofort, dass die deutschen Batterien auf Kurzdistanz schossen. Das wurde bei den Deutschen sehr oft als Unterstützung für attackierende Infanterie eingesetzt. Aus dem Versteck im dicken Gestrüpp des Jar war deutlich der Kriegslärm zu hören. Am Jar Eingang erklangen plötzlich deutsche Stimmen, die sich aber bald wieder entfernten. Es dauerte nicht lange, da wurde an derselben Stelle eine Kanone aufgestellt, die heftig das Feuer eröffnete. Den alten Kriegshasen Marquardt und Piertulla wurde klar, dass der deutsche Durchbruch erfolgreich verlaufen war. Sie krochen aus ihrem Versteck heraus. In diesem Augenblick knatterte eine Gewehrsalve um die Ohren. Sie duckten sich. Ein mit unverkennbar schwäbischem Akzent ausgestoßener Schrei nach einem Sanitäter durchdrang die Lüfte: »Batterieführer isch verwundet, schnell an Sani her!«

»Kameraden, nicht schießen, hier unten sind zwei Deutsche in russischen Uniformen, wir sind nicht bewaffnet!« — schrie Marquardt laut und aus voller Kraft nach oben.

»Habt ihr auf unseren Hauptmann geschossen, ihr da unten?!« — kam die Frage von den Kanonieren.

Da wurde Marquardt aber böse und schrie zurück: »Du Hühnerkackegehirn da oba, was schwäztscht für an Scheiß raus, wie kann an Schwob, der aus der Gfangaschaft abghauen ischt, auf eigene Leut' schieße?! Wenn i da rauskomm, werd i dir's Großmaul stopfa, wart nur! Was seid ihr überhaupt für an Krachhaufa da oba? I ben Wachtmeister Marquardt vom Landsturm-Reserve-Regiment 13 und beim Oginski-Kanal in

Gfangaschaft grota. Mit mir isch noch an Kamerad, ein Reigschmeckter. Der isch in Ordnung. Könna mr endlich hier raus, ohne dass so an Idiot auf ons schiaßt?«

Von oben erschallte dieselbe Stimme, die befahl, mit erhobenen Händen hoch zu kommen. Sie wurden sofort von mehreren Soldaten in Empfang genommen. In der Nähe der Kanone lag ein Offizier auf dem Boden. Ein Sanitäter bemühte sich, die Blutung an seinem Knie stillzulegen. Der Kanonier machte sofort eine Meldung: »Herr Hauptmann, wir haben zwei Gefangene gemacht. Scheinen unsrige zu sein, der eine schwätzt au schwäbisch und sagt, dass sie aus der Gefangenschaft geflohen sind. Er heißt Wachtmeister Marquardt.«

In dem von Schmerz verzerrten Gesicht kam eine Bewegung, der Verletzte guckte Marquardt an: »Sind Sie das, der Held von Bshura, der mit mir und meiner Familie am Tisch zusammen gesessen ist? Sie sehen so abgemagert aus, dass ich Sie kaum noch erkenne!«

Der Gefragte hielt den Mund wie ein Karpfen, der nach Luft schnappt, offen. Er musste dabei wohl einen sehr dummen Gesichtsausdruck gehabt haben, denn die um ihn herumstehenden Schwaben brachen in Gelächter aus: »Guck amol, dem Großmaul hots dʻ Sproch verschlaga!«

Als es wieder ruhiger geworden war, antwortete er: »Jetzt erkenne ich Sie auch. Sie sind Hauptmann Freiherr von Varnbühler zu Hemmingen, der Sohn des alten Herrn. Ich war bei Ihnen im Haus zwecks Genesung untergebracht.«

»Das stimmt, der Mann ist in Ordnung. Und wenn er für den anderen bürgt, so wird es auch in Ordnung sein. Gebt den beiden unsere Klamotten, was zu Essen und macht die Meldung an den Regimentsstab. Ich muss ins Lazarett, mit meinem Knie sieht es nicht gut aus.«

Die Flucht durch das halbe Russland ging für die beiden

121

Schicksalsgenossen glücklich zu Ende. Sie wurden eingekleidet und nach Jekaterinoslaw zurück zur Division geschickt. Nach kurzer Befragung wurden sie dem Landwehr-Infanterie-Regiment 121 zugeteilt und mit ihrer neuen Einheit am 20. April in Marsch gesetzt. In einem Sandsturm ging es weiter in Richtung Asowsches Meer, nach Rostow. Die Straßen waren miserabel, die Panjewagen, die jetzt das Gepäck transportierten, blieben sehr oft im sandigen Boden stecken.

Während des Marsches wurden Bahnhöfe, strategische Objekte, Fabriken und Gruben besetzt. Eine unangenehme Zusatzaufgabe bildeten die Strafexpeditionen, um den in diesem deutschen Siedlungsgebiet von der Bolschewiki und von anderen, bewaffneten Gruppen bedrängten deutschen Kolonien Hilfe zu leisten. Viele deutsche Höfe waren in Brand gesteckt worden. Die deutschen Gutsbesitzer wurden vertrieben oder waren aus Angst geflohen, die Vorräte an Getreide, Vieh und Lebensmitteln geraubt. Beim Einrücken ins Donez-Kohlerevier kam es zu keinen größeren Problemen. Unter den deutschen und österreichischen Kriegsgefangenen, die hier in den Bergwerken arbeiten mussten, brach ein Jubel aus. Sie legten sogleich die Arbeit nieder und meldeten sich, um in die Heimat befördert zu werden.

Diese Erfahrungen veränderten den bis jetzt verschlossenen Schwaben Marquardt. Er bekam einen scharfen Blick für menschliche Probleme und lernte es, mit anderen zu sprechen. In der Zeit der sozialen Umschichtung und der politischen Revolution in ganz Europa kam es zu einer Art Revolution in ihm selbst. Zum ersten Mal seit vielen Jahren sehnte er sich danach, wieder ein Zivilist zu sein. Der Krieg hatte sein ganzes Leben verändert, ihm die geliebte Frau genommen und ihn fast ausgelöscht. Jetzt hatte er die Nase voll und das einzige, was er noch wollte, war nach Hause zu kommen. Aber seine Geduld wurde noch auf eine schwere Probe gestellt. Bei der Einnahme von Rostow wurde Piertulla im Gesicht verwundet und bewusstlos mit dem Lazarettzug in Richtung Heimat transportiert. Marquardt begleitete ihn bis zur letzten Minute, in der Hoffnung, dass er aus der Ohnmacht erwache. Er hatte das sichere Gefühl, dass sie sich wieder begegnen würden. Mit Instandsetzungsarbeiten beschäftigt, verbrachte er den ganzen Sommer in Rostow. Anfang Oktober wurde die 7. Landwehr-Division nach Odessa beordert.

Der Traum von der haltbaren Selbständigkeit der Ukraine ging zu Ende. Die Weißen, die anfänglich große Erfolgsaussichten für die Machtübernahme in ganz Russland hatten, konnten sich untereinander nicht einigen. Sie wurden von den Bolschewiki einzeln aufgerieben und ihre flüchtenden Truppen strömten in die Hafenstädte am Schwarzen Meer, die einzigen noch offenen Fluchtpforten.

Den November-Waffenstillstand erlebten die Schwaben in der Artillerie-Funkerschule in Odessa. Marquardts Einheit sollte in zwei Schüben in die Heimat abtransportiert werden. Die Artillerie und ein Teil des Landwehr-Regiments 121 gingen nach Norden, um über Brest-Litowsk und Thorn in die Heimat zu gelangen. Andere Einheiten gingen über Rumänien, Ungarn und Galizien nach Hause zurück. Marquardt, beschäftigt mit der Auflösung und dem Abtransport der Einheit, sollte mit den letzten Transporten nachrücken. Daraus wurde aber nichts, die Transportwege wurden unterbrochen. Der neu entstandene polnische Staat entwaffnete die deutschen Truppen, die dann mit der Bahn nach Deutschland zurück durften. Nachdem die Rückwege abgeschnitten waren, zogen sich die verbliebenen Schwaben zu den deutschen Kolonisten in Groß-Liebenthal zurück. Dort feierten sie auch Weihnachten 1918. Aus dieser nur fünfundzwanzig Kilometer nördlich von Odessa gelegenen Siedlung schaffte es Anfang März 1919 noch die Hälfte der 2. Landwehr-Pionier-Kompanie, sich in die Heimat abzusetzen. Der Rest, zu dem auch Marquardt gehörte, musste am 14. März 1919 die Waffen an die inzwischen in Odessa gelandeten Franzosen abgeben. Über das Marmarameer und die Dardanellen-Meeresenge kamen die Schwaben in das französische Gefangenenlager Mikra in der Nähe von Saloniki. Hier, von schwerbewaffneten Schwarzen aus französischen Kolonien bewacht, wurden sie in Zelten einquartiert und blieben den ganzen Sommer.

Nur Dank der in ihm eingetretenen Veränderung hatte Marquardt die Kraft gefunden, nicht zu resignieren. Den alten Knaben konnte nichts mehr erschüttern. Überleben und heimkommen, nur dieser Gedanke hielt ihn aufrecht. Er lernte es, Oliven zu essen und den guten griechischen Mokka zu trinken. Der harzige Retsina-Wein, den er manchmal von Griechen zugesteckt bekam, schmeckte zwar gar nicht nach schwäbischem Trollinger, verfehlte aber seine tröstende Wirkung auch nicht.

11.

Aus dem Kriegsgefangenenlager schrieb Eugen Marquardt einen langen Brief an die Familie seiner verstorbenen Ehefrau in der Schweiz. In diesem Brief ersuchte er sie um Hilfe, möglichst schnell aus dem Lager herauskommen zu können. Gleichzeitig wollte er den Kontakt zum Stiefsohn wieder herstellen. Er vermutete ihn jetzt in der Schweiz. Als Bestätigung seiner Vermutung traf ein Brief mit dem Roten-Kreuz-Zeichen ein. Außer einer kleinen Geldsumme bekam er einen Passierschein für einen Familienbesuch in der Schweiz. Der Stiefsohn schrieb ihm, dass er und die Verwandtschaft ihn schon als verloren geglaubt hätten, da so lange Zeit kein Lebenszeichen von ihm sie erreicht habe. Um so mehr hatten sie sich gefreut, als sie seinen zensierten Brief aus Griechenland erhalten hatten. Sie wandten sich sofort an das Rote-Kreuz-Komitee in Genf mit der Bitte, bei der Freilassung aus der französischen Gefangenschaft behilflich zu sein.

Nicht ohne Stolz schrieb der junge Mann, dass er die Ingenieurschule in Konstanz mit Erfolg beendet hatte und zur Zeit ein Praktikum bei einer schweizerischen Firma, die Stahlbrücken baue, absolviere. Er schrieb weiter, dass er sich sehr wünschte, den Stiefvater bei der Einweihung seiner ersten Brücke bei sich zu haben.

Der Eingang dieses Briefes aus der Schweiz verursachte eine spürbare Erleichterung der Lagerbedingungen für Marquardt. Ausgefragt durch die Franzosen, erzählte er, dass sein Stiefsohn Schweizer sei und sich um seine Freilassung durch das Rote Kreuz bemühe. Er wurde nicht mehr schikaniert und konnte sich bis zur Abreise über das Essen nicht beklagen.

Anfang Juni kam das Gerücht auf, dass demnächst ein Transport in Richtung Deutschland abgehen werde. Am 10. Juni 1919 wurde dann aus der Vermutung Realität. Der französische Dampfer »Constantine« verließ in Begleitung eines englischen Zerstörers den Hafen von Saloniki. An Bord befanden sich die kriegsgefangenen Soldaten der 2. Landwehr-Pionier-Kompanie Nr. 13, darunter auch Wachtmeister Marquardt.

An Malta und Gibraltar vorbei, quer durch das Biskaya Meer, kamen die Schwaben am 1. Juli nach England in die Hafenstadt Portland. Von da ging die Reise nach Deutschland weiter. Die einstigen Soldaten schauten sich die Augen aus, um Land zu sichten. Deutschen Boden betraten sie am Eingang zum Kaiser-Wilhelm-Kanal in Brunsbüttelkoog. Von der Schuljugend mit Liedern begrüßt, von der Stadt mit feierlichem Empfang bedacht, bekam mancher feuchte Augen. In Lockstedt wurden sie dann demobilisiert.

Am 9. Juli 1919 saß Marquardt mit seinen Schicksalskameraden in einem Sonderzug, der in Richtung Schwabenland dampfte. Eine andere Reise, jene in den Urlaub nach Konstanz, kam ihm in den Sinn. Zwischen den zwei Reisen lag dieser verfluchte Krieg, der ganz Europa erschüttert und arm gemacht hatte. Während einige Staaten von der Landkarte für immer verschwanden, kamen neue dazu. Kaiser- und Königreiche fanden ihr unrühmliches Ende, neue politische Systeme und Ideen beflügelten die Köpfe der Politiker.

Am 10. Juli 1919 gegen Mittag betrat er das Hauptbahnhofsgebäude in Stuttgart. Nach kurzer offiziellen Ansprache war er kein Soldat mehr. Bewegt beobachtete er so manche Begrüßungsszene im Bahnhof. Da er keine direkten Familienangehörigen mehr hatte, wurde er mit einer kleinen Geldsumme bedacht. Am Ausgang wurde er von einem Offizier in Begleitung von zwei Soldaten angesprochen. Der Unbekannte gab sich als Mitglied der bereits im Aufbau begriffenen württembergischen Freiwilligen-Abteilung des Generals Haas zu erkennen. Er sprach von der Bedrohung, die das in Deutschland ausgebrochene politische Chaos mit sich bringe. Die alten, kampferprobten Soldaten müssten her.

Marquardt, der kaum eine Ahnung über die neuen politischen Verhältnisse in Deutschland hatte, hörte aufmerksam zu. Er ließ sich auch die Adresse geben und ging weiter. Nachdenklich betrat er eine Kneipe. Das Bier schmeckte nach Heimat, aber er konnte sie nicht erkennen. Alles war anders. Nicht nur die Sprache hatte sich geändert, sondern auch die Menschen. Der Hunger regierte, Politiker sorgten für Verwirrung. Monarchisten, Sozialdemokraten, Kommunisten und Freikorps, Frauen mit der Zigarette auf der Straße, rote Fahnen. Angeheitert durch den Konsum einiger Biere, kehrte er zum Hauptbahnhof zurück. Hier erkundigte er sich nach einer Zugverbindung in die Schweiz. Er nahm sich vor, den Stiefsohn zu besuchen, um Zeit zu gewinnen, die Verwirrung der Gedanken unter Kontrolle zu bekommen. Die Nacht verbrachte er in der Roten Kreuz-Mission und am nächsten Tage fuhr er nach Zürich. Seine Zivilkleidung, die er in der Mission ergattert hatte, stach von den feinen Anzügen der Zürcher ab. In der Bahnhofstraße blieb er vor dem Maroni-Verkäufer stehen. Er kaufte sich eine Papiertüte voll köstlicher Maroni und erst jetzt begriff er, dass er wieder ein Zivilist war.

Rudi, sein Stiefsohn kam mit einem hübschen Fräulein, um ihn abzuholen. Er stellte sie als seine Verlobte vor. Sie gingen zum Essen in ein Restaurant. Die Vielfalt der Speisen und Getränke war überwältigend. Bei gutem Waliser sprachen sie über die Zukunft. Repräsentanten zweier Generationen, der alten, die den Krieg verloren — und den Frieden auch nicht zu gewinnen vermochte, und der jungen, die Dank der natürlichen Vitalität das Wort Zukunft in goldenen Lettern schrieb. Ein guter Kaffee mit Sachertorte zum Nachtisch schmeckte vorzüglich... und schockierten gleichzeitig den solche Köstlichkeiten seit Jahren nicht mehr gewöhnten Mann.

Am nächsten Tag fand Marquardt an seinem Bett einen neuen Ausgehanzug samt Hemd, Krawatte und Schuhen. Auf dem daneben liegenden Zettel schrieb Rudi, dass er das dem Stiefvater als Dank für das Studium schulde, insbesondere jetzt, in der ersten Stunde des Neubeginns. Marquardt bekam feuchte Augen beim Gedanken an den Sohn, der nicht einmal sein eigener war.

Von der Arbeit zurückgekehrt, erkannte Rudi seinen Stiefvater kaum wieder. Der Anzug und die Krawatte passten ihm sehr gut. Zusammen gingen sie zu einem Diamantenhändler, dem sie die zwei Rubinsteine, die in den Mantelknöpfen versteckt gewesen waren, verkauften. Rudi erklärte dem erstaunten Stiefvater, dass er ihm bereits ein Konto mit einer kleinen Geldsumme bei einer Bank eingerichtet habe. Nach einigen Tagen in Zürich fuhren sie zusammen nach Basel, wo der Stiefsohn seine erste Brücke gebaut hatte. Es war eine kleine Stahlkonstruktion für den Grenzverkehr zwischen Deutschland und der Schweiz im Basler Hafenbereich. Die kleine Bauabschlussfeier war voll großer Symbolik. Es war die erste neue Brücke vom Ausland nach Deutschland nach dem Krieg.

Nach der Rückkehr aus der Schweiz wurde Marquardt erneut mit der politischen und wirtschaftlichen Ausweglosigkeit konfrontiert. Der blutige Bürgerkrieg, der im besiegtem Deutschland im Januar 1919 ausgebrochen war, kam nicht zu Ende und hinterließ nicht zu beseitigende Spuren.

In seiner kleinen Wohnung in Stuttgart in der Königsstraße, die er sich inzwischen gemietet hatte, erlebte er Ende August 1919 eine gewaltige Überraschung. Vor seiner Tür stand eines Tages Moses Abendschein, sein Schicksalsgenosse aus dem ersten Kriegsjahr. Als dieser den Mund öffnete und sagte:

»Nu, guten Tag der Herr. Habe ich die Ehre den tapferen Soldaten, Herrn Marquardt zu sprechen? O ich sehe, ich sehe, Sie sind es, Herr Marquardt!« — da hatte Marquardt das Gefühl wieder einen Hauch von der Zeit, als man noch naiv glücklich war, weil man den Krieg von seiner Schrecklichkeit noch nicht kennengelernt hatte, zu spüren. Boernerowo, Warschau — diese Namen kamen wieder ins Gedächtnis. Der Mann im schwarzen Anzug mit imposantem aber gepflegten Bart lächelte ihn an.

»Sind Sie etwa der Abendschein, einer von den Zwillingen?«

»Nu, ist doch schön, der Herr Marquardt ist ein feiner Mensch, er hat uns nicht vergessen!« — war die Antwort darauf. Marquardt ließ Abendschein in das Zimmer treten. Er stellte zwei Gläser auf den Tisch und schenkte ein. »Sage mir, Abendschein, bist du der Moses oder etwa der Isaak?! So genau weiß ich das nach so vielen Kriegsjahren nicht mehr.«

»Nu klar, dass ich Moses Abendschein bin, mein Bruder Isaak, der Meschugge, ist in Warschau geblieben. Verheiratet und schon ein Kind gemacht. Eine schöne polnische Jüdin mit roten Haaren und mit blauen Augen hatte ihn um den Finger gewickelt. Unser Onkel Rabinowitz, Gott segne ihn, ist gestorben. Ich sage Ihnen, Herr Marquardt, das war ein Mensch! Mein Bruder hat von ihm den Tuchhandel in Lodz und Posen übertragen gekriegt und das führte dazu, dass ich eben hier bei Ihnen bin, Herr Marquardt.«

Sie ließen den Schnaps durch die Kehle rinnen, wobei Marquardt für einen kurzen Augenblick das Gefühl hatte, er tränke Wodka. »Pfui Teufel, ich werde alt, Abendschein, mir kommen sehr oft alte Sachen von früher in den Kopf.«

Sein Gast schaute sich in der Stube um und erblickte ein Erinnerungsfoto: Marquardt in Uniform. »Nu, was ich sehe, unser Herr Marquardt ist auch ein Wachtmeister geworden, ähnlich unserem Herrn Wachtmeister Schulze. Das freut mich sehr, ja, das stimmt. Das habe ich auch schon vergessen, sehen Sie, mein Kopf ist auch nicht mehr in Ordnung?!« Seine Redeweise war für seinen Gastgeber eine Erinnerung an die heile Welt, die nicht mehr existierte.

»Nu, Herr Wachtmeister, es ist so, es geht um den Piertulla und um Schulze. Wie Sie es wissen, ist unsere Einheit zuletzt in Berditschew gestanden. Der verletzte Piertulla kam dort zuerst ins Feldlazarett und als sein Zustand nicht besser wurde, hat man ihn nach paar Tagen nach Warschau gebracht.

Wie bekannt, hatte unsere Einheit die Transportorganisation inne. So erfuhr ich von seinem Schicksal und begann mich um ihn zu kümmern. Sie würden das wohl als eine Christentat bezeichnen. Das tat ich aber, ich, Moses Abendschein, ein deutscher Jude. Die ersten Kriegsmonate, die uns zusammen brachten, haben uns zu einer kleiner Familie verschmolzen. Das war das einzig schöne an dem verfluchten Krieg. Nu aber zurück zum Grund meinen Besuchs.

In Warschau erfuhr Piertulla wahrscheinlich eine nationale Aufklärung, denn sein Oberschlesierherz begann plötzlich für das sich noch im Entstehen befindliches Polen zu schlagen. Die letzten Wochen des Krieges, obwohl schon genesen, verbrachte er im sicheren Versteck, wovon aus er sich an der konspirativen Arbeit der Polen beteiligte.«

Hier machte Abendschein eine kurze Pause, um nach Luft zu schnappen. Marquardt wunderte sich über die Redefähigkeit seines Besuchers. »Sie schwätzet wie a Buach, Moses Abendschein«, musste er ihn loben.

»Piertulla verbrachte den Sommer 1919 in Warschau ohne besonders aufzufallen. Mitte August versuchte er aber über die Reichsgrenze nach Beuthen, wo er zu Hause war, zu gelangen. Da es in dieser Zeit in Oberschlesien zu den von Polen inszenierten Unruhen kam, war der deutsche Grenzschutz besonders auf der Hut. Es ging drum, die eventuelle Unterstützung aus Polen zu unterbinden.

Unser Wachtmeister Schulze meldete sich, nachdem seine Heimatstadt wieder polnisch geworden war, freiwillig zum Grenzschutz. In Kattowitz stationiert, sicherte er die Grenze gegenüber der polnischen Industriestadt Sosnowiec. Durch puren Zufall kam Piertulla, der in der Nacht an der Grenze angeschossen worden war, in die Hände von Schulze. Der erkannte ihn sofort. Piertulla bat ihn, sich mit Ihnen, Herr Marquardt, in Verbindung zu setzen. Er erzählte, dass er Sie aus der russischen Gefangenschaft in Sibirien herausgeholt hatte und dass Sie das bezeugen könnten. Was aber viel interessanter war, man hat bei der Durchsuchung seiner Kleider zwei große Goldklumpen in den Schuhabsätzen gefunden. Angesprochen darauf, erklärte er dem erstaunten Schulze, es handle sich hier um Marquardts sibirisches Gold, das er ihm auch übergeben wollte.

Das Ganze wurde Schulze zu bunt und er telegrafierte zu mir nach Nördlingen, ich solle mich schleunigst auf den Weg zu Ihnen, Herr Wachtmeister, begeben und die Sache klären. Wenn Sie dies verneinen, kommt der Mann vor ein Gericht und dann sieht es schlecht für ihn aus. Sollten Sie aber seine Aussage bezeugen wollen, müssen Sie nach Oberschlesien fahren. Das Gold ist die Reise wert, Herr Wachtmeister. Überlegen Sie sich dies gut aber nicht zu lange. Schulze telegrafierte, dass er den Mann nicht allzu lange behalten darf. Sollte ein anderer ihn übernehmen, so würden ganz sicher neue Komplikationen entstehen.«

Zufrieden, dass er endlich die Erzählung zum Abschluss gebracht hatte, schaute er mit seinen unruhig gewordenen Augen Marquardt erwartungsvoll an. Dieser ließ die Wohnungsinhaberin wissen, dass er einen Herr übernachten lassen werde und gleichzeitig bat er sie, sie möchte jemanden schicken, ihm ein paar Fläschchen Bier zu holen. Noch lange in der Nacht saßen die beiden Männer zusammen und erzählten. Moses Abendschein beklagte sich dabei, dass die antijüdischen Tendenzen immer deutlicher zum Vorschein kommen, er stelle sich sogar die Frage, zu was ist das gut? »Wenn das so weiter gehen soll, so wird er seine Sachen packen und nach Amerika oder auch nach Palästina gehen, wenn auch mit schwerem Herzen.«

Sein Gastgeber hörte sich das alles zwar an, schenkte ihm aber keinen Glauben. Durch die lange Gefangenschaft von der Nachkriegspolitik verschont, von Militär zum Zuhören erzogen, dachte er, der Jude übertreibt ein bisschen.

Am nächsten Tag entschloss sich Marquardt nach Kattowitz zu fahren. Er setzte Abendschein davon in Kenntnis und sie trennten sich. Dieser nahm die Nachricht mit großer Erleichterung auf. Anschließend schrieb Marquardt einen kurzen Brief mit der Mitteilung über seine bevorstehende Reise an seinen Stiefsohn in der Schweiz, bezahlte die Miete für den nächsten Monat im Voraus und erklärte der Vermieterin, dass er geschäftlich nach Schlesien müsse. Dann ging er zum Bahnhof, besorgte sich eine Fahrkarte und setzte sich ins Restaurant, um sich vor der Reise ein gutes Mittagessen servieren zu lassen. Der sommerliche Tag war so schön, dass er den Eindruck gewann, sich wieder in der heilen, guten Welt zu befinden. Danach nahm er den Zug, der sich auch bald in Bewegung setzte. In der Zeitung, die er lass, waren die Nachrichten nicht gut. Der verlorengegangene Krieg wirkte sich immer deutlicher auf die gesamte Lage des Landes aus. Er legte verbittert die Zeitung zur Seite. Einige Zeit noch schaute er aus dem Fenster, bis die Sonne untergegangen war, dann schlief er ein. In Dresden nahm er den nächsten Zug nach Breslau und so verbrachte er die zweite Nacht. Der Morgen in der niederschlesischen Landeshauptstadt unterbrach seine gute Stimmung. Zuerst wurde der Zug von der Bahnpolizei überprüft, dann stiegen Soldaten ein. Es gab keine Nervosität, alles hatte seine Ordnung. In Oppeln sah er zum ersten Mal nach dem Krieg wieder einen Lazarettzug mit Verwundeten. Während der Zug weiter in Richtung Kattowitz fuhr, begann Marquardt zu überlegen.

Er machte sich Gedanken über Piertulla und das Gold, das jetzt plötzlich aufgetaucht sein soll. Das verstand er gar nicht. Laut Abendschein sollte Piertulla ausgesagt haben, dass das Gold ihm, Marquardt, gehöre. Er war bereit, diese Geschichte zu glauben, stellte sich aber gleichzeitig die Frage, was passieren würde, wenn das Ganze nicht stimmte? Die weitere Frage war, wie er sich in dieser heiklen Angelegenheit dem Mann gegenüber verhalten sollte, der ihn immerhin aus Sibirien herausgebracht hatte?

Zu keinem befriedigenden Ergebnis gekommen, verließ er nach gründlicher Ausweiskontrolle den Bahnhof in Kattowitz. Nach einigem Suchen fand er den über seinen Besuch sehr überraschten Schulze. Nach der Begrüßung erfuhr er, dass Piertulla im nah gelegenen Schulgebäude zusammen mit den anderen an der Grenze verhafteten Polen einsaß.

Schulze machte in der Uniform den Eindruck eines preußischen Beamten. Er wollte unbedingt von ihm die ganze Geschichte der Kriegsgefangenschaft erzählt haben. Es schien, dass er mit der Zeit zu der Überzeugung kam, die Sache müsste doch stimmen. Er ging hinaus und kam mit einem Stabsschreiber und dem diensthabenden Offizier zurück. Marquardt wurde gebeten, die Geschichte nochmals zu erzählen, sie wurde aufgeschrieben und von allen vieren unterschrieben. Erst dann zeigte man dem erstaunten Schwaben die Untersuchungsaussage Piertullas.

Der gab zu, »das Gold bei einem Kartenspiel im Waggon des tschechischen Offiziers gewonnen zu haben. Zuerst hatten sich beide Spieler so vollaufen lassen, dass, so Piertulla, alles was sie später taten, in total unzurechnungsfähigem Zustand passierte. Der Zufall wollte, dass ich, Piertulla, entweder weniger betrunken oder mehr Glück an diesem Tag gehabt hatte. Der Offizier verspielte nicht nur das Gold, sondern auch das Papiergeld. Als ich von Angst erfasst nach einer Besitzbestätigung verlangte, erhielt ich auch sie, samt Stempel der Militäreinheit. Die letzten Tage im Zug waren für mich, den neuen Gold- und Geldbesitzer zu einer Mutprobe geworden. Ich hatte Angst, meinen Schatz, oder gar mein Leben zu verlieren. Die Trennung von den Tschechen kam mir wie eine Erlösung vor, ich zitterte aber weiter vor Angst, von den neuen Begleitern, den ukrainischen Kosaken, ausgenommen zu werden. So traute ich mich die ganze Zeit in der Ukraine nicht über meinen Schatz zu sprechen. Nach der Rückkehr zu den deutschen Truppen in der Südukraine kaufte ich für das russische Geld weiteres Gold dazu.

Kurz vor meiner Verwundung hatte ich den Kontakt zu den in Berditschew stationierten Gebrüder Abendschein herstellen - und ihnen das Gold anvertrauen können. Nach meiner Verlegung in das Kriegslazarett in Warschau, ist diese seltsame Verbindung nicht abgerissen. Sie half mir sogar schneller mit den nach Freiheit hungernden Polen in Kontakt zu kommen. Das Gold erhielt ich unangetastet zurück und brachte es während des Sommers 1919 in mehreren Schüben nach Beuthen. Meine Vorstellung war, aus diesem durch Krieg und Zufall erwirtschafteten Kapital, ein gutes Werk in meiner Heimatstadt zustande zu bringen. Was das sein sollte, darüber war ich mir noch nicht ganz im Klaren. Eines wusste ich ganz sicher, das Gold gehörte dem ursprünglichen Besitzer, also Marquardt. Ich handelte bis jetzt immer sehr eigennützig, ohne

Beachtung der Umgebung. Erst der verlorene Krieg, das Entstehen des polnischen Staates und der gleichzeitige deutsch-polnische Konfliktausbruch führten in mir zu einer inneren Veränderung. Ich half zwar den Polen in Warschau während der ersten Entstehungsstunden des unabhängigen polnischen Staates aber mit der Zeit hat mich das Heimweh gepackt. Ich bemerkte dabei schnell, dass ich als Oberschlesier anders als die Polen geformt war. Das Deutsche verstand ich im Unterschied zu den Polen nicht als eine Bedrohung, sondern als eine normale Begebenheit. Die Verschmelzung der zwei Kulturwelten an der Nahtstelle zwischen zwei Völkern hat in meiner oberschlesischen Heimat einen neuen Menschenschlag geschaffen. Ich meinte ehrlich, was ich hier auch zu Protokoll gab, dass der Oberschlesier, egal ob polnisch oder deutschsprachig, einen eigenen Staat haben sollte.«

Zuletzt gab Piertulla zu Protokoll, »dass er in Beuthen friedlich leben möchte und keine revolutionäre und politische Betätigung in Schlesien beabsichtige. In Gegenteil, er habe vor, nach Aussprache mit Marquardt zum ersten Mal in seinem Leben Gutes für die Mitmenschen zu tun. Er bat, ihm für diese Erklärung Glauben zu schenken.«

Marquardt war nach dem Lesen dieser Erklärung sprachlos. Er zweifelte nicht daran, dass Piertulla ein Schlitzohr war und blieb. Jetzt aber, mit dem Rücken zur Wand, schlüpfte er in die Haut eines Philanthropen und loyalen Schlesiers. In diesem Augenblick kamen ihm die Worte seines alten Vaters ins Gedächtnis: »Hast du eine schwere Entscheidung zu treffen und bist du dir nicht schlüssig darüber, so überschlafe sie. Morgen wirst du alles viel klarer sehen und beurteilen können.« Er erklärte, er wolle sich erst morgen, nach dem Gespräch mit Piertulla, dazu äußern.

Man ging gemeinsam ins Kasino, wo er den interessierten

Zuhörern über seine Kriegs- und Nachkriegserlebnisse erzählen musste. Das Gespräch im Kasino dauerte noch lange in dieser Nacht, es war doch soviel zu erzählen. Marquardt, von der Reise noch müde, machte als erster klar, dass es an der Zeit sei, ins Bett zu gehen. Man trennte sich gut gelaunt und ging schlafen.

Der Morgen grüßte mit hellem Vogelgezwitscher. Sonnig und sommerlich schön kündigte sich der Tag an. Nach dem Frühstück fuhr man zur Schule. Im Schulleiterzimmer kam es zu der Begegnung mit Piertulla, der beim Anblick von Marquardt ziemlich verstört erschien. Die Grenzschützer, die ihn hereingebracht hatten, gingen hinaus. Nur Schulze blieb im Raum, was Piertulla sichtbar nervös machte. Schulze merkte das schnell, sagte: »Ich bin nebenan« und ging hinaus. Marquardt nahm sich vor, Piertulla den Anfang leichter zu machen und sprach ihn an.

»Da sitzt du aber ganz schön in der Tinte. Mann, Mann, was machen wir jetzt mit dir, Piertulla? Was sollen wir jetzt unternehmen, um dich aus dem Dreck herauszuholen? Ich will jetzt nicht nach deinen Beweggründen für Polen zu optieren, fragen, ich habe inzwischen auch einiges dazugelernt und begriffen. Du hast mir geholfen, aus Sibirien rauszukommen und auch nach nichts gefragt. Somit werden wir quitt sein, du wirst dein Leben in deinem geliebten Oberschlesien, und ich in meinem Schwabenländle leben. Sage mir, was ich zu machen und sagen habe, damit ich die weite Reise nicht umsonst gemacht habe. Jetzt musst du schwätzen, es kann jederzeit jemand reinspaziert kommen.«

Piertulla antwortete, anfangs langsam und sehr überlegt, danach aber schnell und fast chaotisch: »Also Marquardt, bestätige denen bitte, dass das bei mir gefundene Gold in Sibirien von dir gefunden worden ist. Erzähl ihnen auch, wie ich zu dem Gold gekommen bin und dass du dich weiter als der rechtmäßige Besitzer betrachtest. Für mich sehe ich keine Chance mehr, an das Gold zu kommen, für mich ist es sowieso verloren. Mir geht es nur darum, aus der Obhut der Grenzschützer herauszukommen, ohne den Kopf zu verlieren. Ich möchte dich bitten zu bestätigen, dass ich dich aus Sibirien herausgeholt hatte, und plädiere für meine Freilassung. Es bestünde eventuell noch eine kleine Möglichkeit, einen Teil des Goldes für dich zu retten, ich verzichte hochoffiziell darauf. Es kann gelingen, dass man sagt, du möchtest einen Teil des Goldes der Kirche in Beuthen schenken. So käme es den Deutschen und Polen, die durch die letzten Unruhen in Not geraten sind, zu Gute.«

Diese Idee gefiel Marquardt sehr, sie beinhaltete humane Aspekte, die man nach außen gut vertreten konnte. Sie besprachen noch einige Details, danach ging er hinaus. Er sagte Schulze, dass er Piertulla retten wolle und bat ihn um die Unterstützung bei diesem Unternehmen.

Schulze wirkte sichtlich erbost über diese Absichten. Er konnte die Wut nicht unterdrucken und bemerkte laut: »Wie sollen wir hier für Ordnung sorgen, wenn solche schwäbischen Philanthropen uns die ganze Arbeit vermasseln! Der Kerl spaziert beliebig über die Grenze, bringt eine Unmenge Gold rüber, das Gold, das vermutlich für die Waffenbeschaffung gegen uns vorgesehen war. Den Mann schnappen wir uns und jetzt haben wir den Salat. Hätte ich lieber meinen Mund gehalten und den Juden Abendschein nicht eingeschaltet, so stünde ich jetzt nicht vor solchen Problemen.

Einem Schwaben fehlt hier total der Überblick über die gesamte schlesische Problematik, speziell hier, in Beuthen. Die Stadt steht bis auf einen Teil zu Deutschland. Aus dem polenhörigen Stadtbezirk kommt die Familie Piertullas. Hier versuchen Polen eine polnische Volksabstimmungszentrale für ganz Oberschlesien aufzubauen, ein Ableger der Warschauer Militärgeheimorganisation P.O.W. steckt dahinter.

Auch Wachtmeister Marquardt, der jetzt ein braver Zivilist ist, meint die Welt verbessern zu müssen und wird uns, die wir für das Vaterland die Militärröcke anbehalten haben, die Arbeit versauen. Die ganzen Erklärungen von Piertulla sind nicht einmal das Papier wert, auf dem man sie niedergeschrieben hat. Heute zeigen wir dem Burschen Güte und morgen springt er uns an die Kehle.«

Er sprach in tiefster Verärgerung wie ein Wasserfall, ohne Luft zu holen. Marquardt hatte den Eindruck, er werde sich bald irgendwo verkriechen müssen, wenn das so weiter gehen werde. Doch es kam anders. Alles ausgesprochen, was ihm auf dem Herzen lag, zeigte Schulze erste Anzeichen der Resignation, bis er endlich, nach einigen peinlichen Minuten der kompletten Stille seinen Widerstand aufgab: »Erwarte keine Dankbarkeit von dem Polacken für das, was du jetzt machen willst. Ich bin eigentlich schuld an dem Ganzen, ohne mein Zutun hätten wir alle jetzt Ruhe mit diesem Problem. Also gut, ich mache mit, aber nur für dich und nicht für diesen Piertulla. Der lässt mich kalt. Wir müssen jetzt in die Stadt, zur Stadtkommandantur, zum Notar. Dort lassen wir alles aufschreiben und bestätigen und wenn nichts dazwischen kommt, kann der Bursche abhauen.

Das Gold lassen wir aber nicht mitgehen, soviel Gutes hat er nicht verdient. Ich bin bereit, seinen eigenen Vorschlag aufzugreifen, das als dein Besitz deklarierte Gold, bestehend aus zwei Klumpen, aufzuteilen. Einen Teil bekommst du zurück, das Andere wollen wir der Kirche für die Waisenfürsorge zukommen lassen. Unter diesen Bedingungen bin ich bereit mitzumachen.«

Marquardt, noch von dem ganzen Redeschwall benommen,

nickte zustimmend mit dem Kopf. Schulze ging hinaus, um die Fahrt in die Stadt zu organisieren. Als Zeugen kamen noch der Offizier, der bei der Vernehmung Piertullas Dienst hatte, wie auch der Stubenschreiber dazu. Piertulla wurde mit Handschellen mitgenommen. In der Stadt angekommen, betraten sie das Amtsgebäude, das von deutscher Sicherheitspolizei bewacht war. Nach den letzten Unruhen in der Stadt herrschte hier Alarmbereitschaft. Der Notar schien nicht besonders glücklich, bei dieser Geschichte Amtshilfe leisten zu müssen. Er hielt sich aber im Gegensatz zu Schulze zurück und blieb korrekt sachlich. Er rief in Beuthen bei dem Geistlichen der im Stadtpark stehenden Sankt Hyazinth-Kirche an und bestellte ihn zu sich. Inzwischen wurden die Papiere angefertigt. Es waren die beglaubigte Erklärung Piertullas mit Bekundung der Loyalität und gleichzeitigem Verzicht auf das gefundene Gold zugunsten von Marquardt, als dem rechtmäßigen Besitzer, wie auch die Verzichterklärung Marquardts auf einen Teil des Goldes zugunsten der Kirche, mit der Bemerkung, es solle den Waisenkindern beider Nationen zugute kommen.

Der herbeigeeilte Priester hatte große Schwierigkeiten an den plötzlichen Goldsegen zu glauben. Piertulla wurden die Handschellen abgenommen und ein Passierschein ausgehändigt. Marquardt hatte den Empfang des Goldstückes zu quittieren, bevor er es einstecken durfte. Er hatte inzwischen schon eine Idee, was er damit anstellen würde, behalten wollte er das Gold eben auch nicht. Nachdem alle Formalitäten erledigt waren, durfte Piertulla, als freier Mann heim gehen. Er kam auf Marquardt zu, reichte ihm die Hand und sagte: »Hätten wir hier mehr solche Menschen wie Sie, würde hier kein Tropfen Blut fließen müssen. Ich werde für Sie, Marquardt, bis zu meinem Lebensende beten. Kommen Sie gut heim.«

Er wandte sich noch zu Schulze um und streckte ihm die

Hand zum Abschied entgegen. Marquardt sah wie Schulze plötzlich einen roten Kopf bekam, sich zur Seite abwandte und zischend leise sprach: »Der Polacke meint, hier sei eine Theatervorstellung im Gange, die Verbrüderungsszene findet hier aber nicht statt! Ich und meine Kameraden fahren nicht ins Schwabenland zurück, wir bleiben da! Da brauchen wir auch nicht die Händchen zum Abschied halten und mit solchen wie von dem sowieso nicht. Und sollte er wieder an der Grenze in unsere Hände fallen, da rate ich ihm schon jetzt, sich lieber gleich umzubringen!«

Stille herrschte nach diesen Worten im Raum. Piertulla ließ die Hand sinken und ohne ein Wort mehr zu sagen verließ er den Raum. Auch der Priester hatte plötzlich noch sehr viel zu erledigen und verabschiedete sich eilig. Die Grenzer gingen mit Marquardt hinaus. Auf der Treppe sagte Schulze zu ihm: »Wir erwarten jeden Tag den Einmarschbefehl in Polen. Die Operation heißt »Frühlingssonne« und hat zum Ziel, unsere alten Reichsgrenzen, zumindest teilweise wieder herzustellen. Es geht um sehr viel, um den Verbleib Oberschlesiens beim Reich. Solche Leute wie der Polacke stehen auf der anderen Seite der Barrikade, Herr Marquardt. Polen hat zur Zeit große außenpolitische Schwierigkeiten, es steht im Krieg um die Ostgrenzen mit Russen, Ukrainern und Litauern. Sollten die Bolschewiki nach Warschau marschieren wollen, werden wir uns ganz sicher dem Kampf anschließen können.«

Marquardt spürte, wie es ihm, trotz der sommerlichen Wärme, plötzlich kalt wurde. Er erwiderte kurz angebunden: »Wissen Sie, Schulze, mit Warschau ist das so eine Sache. Auch wir Deutschen vermochten die Stadt beim erstem Angriff 1914 nicht zu nehmen. Wir waren aber verdammt nah dran. Hunderttausend Gefallene waren der Preis dafür. So wird sich auch der Russe bei Pilsudski eine blutige Nase holen. Wir sollten lieber schauen, mit den Polen ins Gespräch zu kommen. Von Kriegen sollten wir doch jetzt genug haben, oder?! Mit einem Nachbarn muss man sprechen, wenn man in der Nacht ruhig schlafen will.«

Die Verabschiedung von Schulze war für Marquardt eine Erleichterung. Zwei Männer, die gemeinsam in den Weltkrieg gezogen waren, hatten nach dem verlorenen Krieg diametral unterschiedliche Lehren aus der Niederlage gezogen. Während der eine nachdenklich wurde und mit Verstand Frieden suchte, blieb der Zweite dem Krieg treu.

Auf der Rückreise nach Stuttgart machte sich Marquardt Gedanken über die Verwendung des Goldes. Als Schwabe meinte er, damit etwas Sichtbares, was Gutes und dazu noch was im eigenen Ländle unterstützen zu müssen. Die Reise nach Schlesien und die Erkenntnisse der dortigen Konflikte lenkten seine Phantasie in eine ganz andere, ebenfalls von Konflikten geprägte Richtung. Eines Tages suchte er einen ihm bekannten Notar in der Königsstraße auf. Aus dieser Unterredung resultierten zwei Entscheidungen, die die in diesem Mann durch Krieg und Gefangenschaft vollzogene Wandlung deutlich machten.

So bestimmte er, dass das Gold einem überkonfessionellen Kinderheim, das noch zu bauen war, zugute kommen solle. Er war sich sehr bewusst, dass die Zeit noch nicht dafür reif war, er war damit aber der Ideengeber. Es wurde ein Konto eingerichtet und aus einem Teil der Jahreszinsen sollten in den Zeitungen regelmäßige Aufrufe zur Beteiligung finanziert werden. Damit war sichergestellt, dass diese Idee am Leben bleibt und weiter bekannt wird.

Als Nächstes beschloss er, einen eigenen Beitrag zum Aufschwung der neuen Industrie im Ländle zu leisten. Er machte sich selbständig, mietete in Feuerbach passende Räume und fing mit dem, was er vor dem Kriege aufgehört hatte, dem Werkzeugbau an. Dann suchte er in Friedrichshafen seinen alten Bekannten, den Zeppelin-Gießereimeister Lorch auf und kaufte ihm für weniges Geld sein Aluminium ab. Schließlich stellte er einen Lehrling ein und begann sich um Industrieaufträge zu kümmern. Den Anfang machte er mit Alubildrahmen, die gut zu den im Jugendstil angefertigten Spiegeln passten. Die Zeit war äußerst ungünstig für eine Firmenneugründung, die Inflation der Nachkriegszeit machte ein sinnvolles Planen fast unmöglich. Nur der feste Wille, einen kleinen Beitrag zur allgemeinen Stabilität leisten zu wollen, konnten in dieser Gründungsphase das wirtschaftliche Überleben unterstützen. An einen Extragewinn war nicht zu denken, der Pleitegeier schaute jeden Tag hungrig in das Werkstattfenster hinein. Der Absatz stockte und so setzte er auf die Herstellung von Eß- und Kochgeschirr, als einem zweiten Bein. Dabei dachte er sich einen Werbespruch aus, er pries es an als »Marquardt'sches Eß- und Kochgeschirr, hergestellt aus Zeppelin-Aluminium.« Das half ihm, sich über Wasser zu halten und seinem Lehrling den Arbeitsplatz zu sichern.

Den Durchbruch bildete im Jahre 1920 ein kleiner Auftrag von seinem Stiefsohn aus der Schweiz mit der Bestellung von gravierten Aluschildern. Diese geschäftliche Beziehung zur Schweiz in den Inflationsjahren 1919/24 sicherte seine Existenz. Mit der Zeit, durch Kontakte zu den alten Berufskollegen, die inzwischen im Wirtschaftsleben fest verankert waren, konnte Eugen Marquardt feste geschäftliche Bindungen mit der schwäbischen Kleinindustrie eingehen. Kleine Aufträge von der Firma Bosch ermöglichten es ihm, einen Werkzeugmacher und einen weiteren Lehrling einzustellen. Fest eingebettet in diesen Kreislauf konnte er zum ersten Mal sicher in die nahe Zukunft blicken. Er ehelichte eine Kriegswitwe aus Markgröningen, die ihm in die Ehe eine Apotheke mitbrachte.

Eine Jugendliebe fand ein glückliches Ende.

Auch über die Kriegskameraden und die Menschen, die Marquardt während des Krieges kennengelernt hatte, ist zum Schluss einiges zu sagen.

So hatte Schulze recht gehabt mit seinem Misstrauen gegenüber Piertulla, dass dieser sich als Pole in den Konflikten um Oberschlesien nicht neutral verhalten würde. Der Anführer der polnischen Aufständischen in Schlesien, Wojciech Korfanty, wählte für seine Zentrale der politisch-militanten Polenbewegung das Hotel »Lomnitz« in Beuthen aus und im Sommer 1920 verfügte er über zehntausend konspirativ organisierte Mitglieder. Piertulla gehörte zu seinen Leuten und fand den Tod bei den Kämpfen am 19. August 1920, in deren Verlauf die polnischen Einrichtungen von den deutschen Selbstschutztruppen gestürmt wurden.

Schulze folgte ihm in den Tod im Mai 1921 bei den Kämpfen zwischen Polen und Deutschen um den schwer umkämpften Annaberg.

Die zwei Ukrainer, die Marquardt und Piertulla durch die Ukraine begleiteten, hatten sich den ukrainischen Kampfeinheiten unter Petlura angeschlossen, die gegen Ende 1920 von den Bolschewiki völlig aufgerieben wurden. So folgten die beiden ihrem Anführer ins Exil nach Polen, wo sie entwaffnet im Internierungslager Szczypiorno landeten. Nach Freilassung blieben sie in Polen.

Jan Glowa, und auch Hans Boerner meldeten sich in der Armee Pilsudskis, wo Glowa für Tapferkeit in den schweren Kämpfen um Warschau im polnisch-sowjetischen Krieg 1920 die höchste polnische Militärauszeichnung, das Virtuti Militari -Kreuz erhielt. Nach dem Krieg blieb er auf seinem Hof, ohne Kontakt zum politischen Leben.

Auch in Boernerowo blieb alles beim alten, Hans Boerner kam nach der Beendigung des polnisch-sowjetischen Krieges glücklich nach Hause zurück und ging mit den Söhnen der Arbeit im Wald nach.

Anders Ignacy Boerner, der Offizier und Engvertraute von Marschall Pilsudski. Er spielte eine bedeutende Rolle in den ersten Entstehungstagen des polnischen Staates und machte Karriere als Sonderbeauftragter des Regierungschefs. Er führte die Verhandlungen mit den deutschen Vertretern der nach Deutschland zurückkehrenden Ostarmeen, später auch mit den kommunistischen Vertretern Russlands, wo er als Gesprächspartner den polnischen Kommunisten Juljan Marchlewski hatte. Ende der zwanziger Jahre bedankte sich der Marschall bei ihm mit der Ernennung zum Postminister.

Interessant ist vielleicht noch, dass die ersten Entstehungsjahre des jungen polnischen Staates von innerer und auch äußerer Instabilität gekennzeichnet waren. Ähnlich der Lage in Deutschland, mit einer Parallele zu den Vorgängen in Bayern, hatte hier die junge Demokratie einen schweren Stand, den die von außen getragene Inflation noch verschlimmerte.

Der erste demokratisch gewählte Staatspräsident Prof. Gabriel Narutowicz, Kandidat der Linken, der nur mit den Stimmen der nationalen Minderheiten, Juden, Deutschen und Ukrainer, gewählt worden war, wurde ein paar Tage nach der Wahl, nach einer extrem brutalen Hetzkampagne gegen Juden und Deutsche, von einem, den Rechten zugeschriebenen, Attentäter erschossen.

Weimarer Verhältnisse beherrschten die polnische politische Szene für längere Zeit, das Parlament und die rasch wechselnden Regierungen waren nicht mehr Herr der Lage. Es wurden faschistische Tendenzen in den einflussreichen Kreisen um die Regierung sichtbar. Der Präsidentenmörder wurde in bestimmten klerikalen Kreisen als »Märtyrer-Held« gepriesen.

1923 entstand die P. 0. P.- Geheimorganisation, die als Ziele die Machtübernahme, die Aufhebung des Grundgesetzes und die Errichtung der Diktatur auf ihre Fahnen geschrieben hatte. Bei ihrer Zerschlagung standen auf ihren Mitglieder- oder auch Sympathisantenlisten junge Akademiker, Offiziere, Polizeikommissare, Beamte, Industrielle, Generäle und sogar ein Vizekanzler, der auch dem Kulturministerium vorstand.

Marschall Pilsudski, der den Politikern die Macht übergab, sah in den danach kommenden Jahren sein Lebenswerk gefährdet und um »Ordnung zu schaffen«, griff er selber zu diktatorischen Mitteln. Im Mai 1926 stürmte er die Hauptstadt Warschau und nach drei Tagen blutiger Kämpfe (vierhundert Tote und tausendfünfhundert Verletzte hat man gezählt), hatte er die Macht an sich gerissen.

Überaschenderweise führte er keine Diktatur ein, im Gegenteil, er ließ die Staatsorgane neu wählen, korrupte Politiker und Generäle kamen vor Gericht. Für alle Außenstehenden unerwartet, bekam die Demokratie in diesem Lande eine neue Chance. Es lag wieder an den Menschen selbst, dass sie sie nicht richtig zu nutzen verstanden.

Eingebettet zwischen Diktatur und Anarchie stellt die Demokratie immer das praktische Ergebnis der menschlichen Bemühung, organisiert, aber nicht unfrei leben zu wollen, dar. Sie ist gut mit einer Einbahnstraße vergleichbar, wo bei Nichtbeachtung der Verhaltensregeln auf beiden Seiten des Weges, auf der linken wie auch auf der rechten, eine Katastrophe, das Aus, auf sie wartet.

Das Verständnis für die Demokratie kann mit Hilfe der Geschichtskenntnisse geweckt werden. Denn die Handlungen jeder Art ohne Rücksicht auf die Geschichte führten, und führen immer noch, zu Einschätzungsfehlern, und, im extremen Fall, zu politisch verursachten nationalen Katastrophen.

Die europäische Geschichte bietet ein ideales Anschauungsmaterial dafür. Die Kenntnis der eigenen Geschichte hilft jedem von uns die Heimat als den Ort zu identifizieren, an dem er sich entsprechend seiner Fähigkeiten voll entfalten kann. Ein fundiertes Geschichtswissen kann hier sehr helfen, denn die reine Wahrheit kann zwar bitter schmecken, sie ist aber immer tausend mal besser als die süße Lüge, die Gedankengift enthält. Der polnische Goethe, Adam Mickiewicz, sagte dazu: »Die Sonne der Wahrheit kennt weder Osten noch Westen«.

QUELLEN- UND LITERATURVERZEICHNIS

1. Das Bertelsmann Lexikon
   Bertelsmann Lexikon-Verlag ISBN 3-570-06552-9 BLV, Gütersloh 1972, 1982

2. Deutsche Geschichte 1890 — 1933
   Werner, Conze, 1964 Rainer Wunderlich Verlag

3. Deutsche jüdische Soldaten 1914 — 1945
   Milit. Forschungsamt, ISBN 3 8132 0174 0, Verlag ES. Mittler & Sohn, D

4. Die deutsche Revolution 1918/19
   Sebastian, Haffner, 1979 ISBN 3-463-00738-X, Kindler Verlag, München

5. Die Württemberger im Weltkriege
   Otto, von Moser, Chr. Belser AG, Verl. Buchhandlung Stuttgart, 1927

6. 50 Jahre Bosch 1886 — 1936
   O.H.W. Hadank, Berlin, 1936, Robert Bosch AG Stuttgart

7. Illustrierte Geschichte des Weltkrieges 1914/16
   Verlag der Union Deutsche Verlagsgesellschaft, Stuttgart

8. Kosmos Handweiser für Naturfreunde und Sammelwesen
   11.Jahrgang 1914, Franckh'sche Verlagshandlung, Stuttgart

9. Meyers Enzyklopädisches Lexikon in 25 Bänden
   Bertelsmann Lexikon-Verlag, Bibl. Inst. Mannheim, 1972

10. Najnowsza historia polityczna Polski
    Władyslaw, Pobóg-Malinowski, 2.Wydanie własne, London, 1961

11. Polen aus der ersten Hand
    Klaus, Staemmler, Arena Verlag Würzburg, 1975

12. Riezler, Kurt, TB, AS. Dokumente
    Karl Dietrich, Erdmann ISBN 3-525-35817-2, Vandenhoeck & Ruprecht, G

13. Zarys dziejów narodu i państwa polskiego
    Bronisław, Stryszewski, Veritas Foundation Press, England, 1981